真 心 光 明

——朱定局哲理散文集

朱定局◎著

光明日报出版社

图书在版编目（CIP）数据

真心光明：朱定局哲理散文集／朱定局著. －－北
京：光明日报出版社，2019.3
ISBN 978－7－5194－5182－0

Ⅰ．①真… Ⅱ．①朱… Ⅲ．①散文集—中国—当代
Ⅳ．①I267

中国版本图书馆 CIP 数据核字（2019）第 050594 号

真心光明

ZHENXIN GUANGMING

著　　者：朱定局

责任编辑：鲍鹏飞　　　　　　　封面设计：朱子理
责任校对：慧　眼　　　　　　　责任印制：曹　净

出版发行：光明日报出版社
地　　址：北京市西城区永安路 106 号，100050
电　　话：010－67022197（咨询），010－63131930（邮购）
传　　真：010－67078227，67078255
网　　址：http：//book. gmw. cn
E － mail：baopf@ gmw. com
法律顾问：北京德恒律师事务所龚柳方律师

印　　刷：廊坊市海涛印刷有限公司
装　　订：廊坊市海涛印刷有限公司
本书如有破损、缺页、装订错误，请与本社联系调换，电话：010－67019571

开　　本：145mm×210mm
印　　张：5　　　　　　　　　　字　　数：100 千字
版　　次：2019 年 7 月第 1 版　　印　　次：2019 年 7 月第 1 次印刷
书　　号：ISBN 978－7－5194－5182－0

定　　价：38. 00 元

目　录

1 强者

在几千年前，韩信从一个杀猪汉胯下钻过，谁是强者？当时在现场看热闹的都以为那杀猪汉是强者，但历史证明韩信才是真正的强者！一个真正的强者，不与别人比高低，因为比出高低毫无意义，赢的人不长一块肉，输的人也不减一块肉。如果是以天下或以美人或以富贵作为输赢的赌注，那只是将荣华富贵从输者手中夺到了赢者手中，而总量不变，整个苍生的荣华富贵，既没有增加，也没有减少，反而会在双方征战会民不聊生、生灵涂炭。

一个真正的强者，不论是放牛的、种田的、读书的、打工的、念经的，都应以天下为己任、以苍生之富贵为自己之富贵、以苍生之疾苦为自己之疾苦、以苍生之心忧为自己之心忧、以苍生为父母、以苍生为子女、勤奋劳作、近善远恶、强大自我，从而成为苍生的依靠。不论贡献有多少，其都是人类文明的进步力量。

一个世俗的强者，只是井底之蛙，如同那个杀猪汉，只知争强好胜者。争强好胜者即使能先胜，必不能强，终会落败。二战的侵略军今何在？胜只是一时的过眼云烟，强才是永恒的力量。

2 愚蠢懒惰

人不怕穷，因为可以通过劳动致富；人也不怕低贱，因为可以通过劳动变得高贵；人也不怕有病，因为可以通过治疗保养变得健康。人最怕的就是愚蠢懒惰，因为愚蠢的人不明白贫穷低贱生病的原因，更不知道如何改变；而懒惰的人，即使知道如何改变，也懒得去做。这两类人都喜欢把一切看成天意、命运，认为一切努力都没有用、白费劲，就在那里得过且过，做一天和尚撞一天钟，直至无可救药。这样的人只能贫穷一辈子、低贱一辈子、病快快一辈子。

而对于聪明勤劳的人来说，贫穷、低贱、病患都是暂时的，贫穷、低贱、病患只意味着起点是在山脚，只要顺着正确的路线努力攀登，就能达到自己梦想的人生目标。

3 做人难

做人难？其实不难，难在做一个明白人。什么是明白人？就是明白事理的人。

医院里为什么有那么多的人？就是因为那些人不明事理，不知道哪些行为会伤害身心，以致惹病上身。为什么有那么多的人戴眼镜？就是因为那些人不明事理，不知道哪些行为会伤害眼睛，以致视力下降。为什么有那么多人心存怨恨？就是因为那些人不明事理，不知道哪些过去的行为会导致现在的恶果，不反省自己，反怨恨别人。

明白事理不难，因为有圣贤人、圣贤书，多听听、多看看，也就知道哪些该做、哪些不该做。难在依理而行。大家都读了很多书，都懂很多道理，一说起来，什么都知道，一做起来，还是老一套，为什么？因为有很多人不尊重事理、不敬畏事理，以为遵守不遵守无所谓。上班迟到了就会扣工资，上课迟到了就会挨老师批评，考试不及格了就会挨家长骂。不按事理做事，没人管。但天道在管，不按事理做事，就会进医院；按照事理做事，就会心想事成，事随人意。

可见，明白事理难，按理行事更难，而做到这两点才是明白人。明白人也就离圣贤不远了。有很多人求神拜佛、修仙求道，且不讨论神佛是否存在，但如果连一个明白人都做不到，那其离佛神就十分远了，一屋不扫何以扫天下。

4 时代

任何一个时代都会过去，我们年龄越大对时代感慨越多，因为时代往往以我们意想不到的速度和方向前进。本来是晴天突然下雨，本来正在下雨又突然晴了，既有柳暗花明又一村，又有柳明花暗死胡同；但不管时代走到了又一村还是走到了死胡同，终究还是拐弯继续前进。

虽然年龄越大人们对时代变迁就越不适应，但新生儿对新时代却毫无陌生感，因为新生儿没有经历过旧时代，认为本来就是这样。而大人们认为时代本来应该像过去那样，现在怎么变成这样了呢？看到柳暗了不必哀叹，看见花明了不必兴奋，因为花开花落、月圆月缺既是人生的常态，也是社会和历史的常态，好时代与差时代、英明的时代与昏庸的时代、伟大的时代与落后的时代、高尚的时代与世俗的时代总是交替出现，总是各领风骚数百年。

不管在什么时代，我们每个人、每个家、每个国、每个星球都要做好自己，要出淤泥而不染、濯清涟而不妖，只有这样我们才能超越时代而永垂不朽！

5　何必理论

　　你觉得是对的，不一定是对的。你觉得别人肯定是错的，别人不一定是错。骨头在几十年前没人要，都扔了，现在比肉还贵。乌龟几十年前没人吃，觉得骚，现在成了贵重美食。蜗牛那么可怕，几十年前谁能想着这玩意还能吃？现在也成了美食。甚至连大家觉得只有狗才会吃的屎，现在也可以做中药，还在有些国家成了美食。因此，千万不要以为自己是对的，别人都是错的。一切都是没有对，也没有错。今天是刮风，还是下雨，是对还是错？今天是刮风对，还是下雨对？一切都是机缘巧合，你说是天意也好，你说是命运也好，你说是个人努力也好，总之其中因素太多了，你就不要去较真了。

　　既然这世界上的理都不能确定对错，那又何必去理论，去讲理。讲理如果只是讲着玩玩，倒也有趣。如果为了切身利益去讲理就没有必要了。这个切身利益要么是自己的切身利益，要么是自己亲人的切身利益。例如，小区里有人跳广场舞，影响了孩子睡觉，孩子的家人就去和跳广场舞的人讲理。广场舞的声音影响了孩子睡觉，进而影响了孩子的休息，进而影响了孩子的身体，进而导致孩子白天上课没精神，这影响可大了。孩子的家人火冒三丈，就和跳广场舞的很多人进行理论。你说这该怎么办？谁对谁错？谁有理？谁该让谁？没有人对，也没有人错，谁也不该让谁，谁都应该让谁。那这事情怎么解决？没法解决。狭路相逢，谁该让谁？不让就会两败俱伤，谁都走不过去。只有让，谁先让，谁就是真讲理的人、谁就是有风格的人、谁就是有大智慧的人、谁就是有文化的人、谁就是有水平的人。那家人会说，影响我自己行，但影响了我孩子就是不行！其实，孩子就是你的一部分，孩子就是你，有什么不能让的？有什么大不了的？一点噪音算什么？噪音就是风雨，不会把小草吹打坏，反而是小草成长的必由之路，要不然等到了社会，住进了宿舍有噪音怎么办？你管得着吗？让孩子从而经历各种环境和挫折不是坏事，是好事。这就是理，你以为不好的事，其实是好事，你以为是好事，但不一定是好事。

6　拿起爱

有人为了讲理而生气，以为"有理行遍天下，无理寸步难行"。其实这句话是错的，对的应该是"无理行遍天下，有理寸步难行"。你走路的时候，路上有个大石头，你不绕过去，跟大石头讲理"你不该在路中间"，大石头会理你吗？你只会撞得头破血流。你要想行遍天下，就要放下理字，而要拿起爱。所以更准确的说法是有爱行遍天下，无爱寸步难行。

你走到路上，看见一个大石头，不要想着石头该让你，你应想着"如果我撞上去，把石头撞痛了怎么办?"，你要去主动让石头。有了爱，理是什么呢？理什么都不是，所有的理都是人们空想出来的，都是虚幻的。所有的理都是为爱服务的，没有了爱，有理有何用？有了爱，要理有何用？儿子找你要钱，你会跟儿子讲理"你没给我干活，我干吗给你钱?"你会吗？不会，因为爱就是这世界上最大的理、唯一的理，其他的所有理都如云、如闪电，今天科学家这样说，明天科学家那样说，都不是绝对真理，而是相对真理。你只要一心想着爱，就对了，你就是这天底下最有理的人了。你不跟别人讲理了，只讲爱，怎么会有气？蚊子咬你了，你不会生气，因为你不会跟蚊子讲理"我没咬你，你干吗咬我"；而是想到爱，"蚊子肚子饿了，好可怜，咬一口又有什么关系?"，这样你就不会生气了，对自己的身体最有好处。

7　用爱来教化

　　有的父母从来不讲宝宝好，当着宝宝面说人家宝宝好，只是父母为了让孩子不骄傲，初衷是好的，方法是不对的，不长不短就行，无须比较。人比人气死人，长也好，短也好，自己觉得好就好。说自己短，是自己气自己；说自己长，就是气别人：都不可取，不长不短就行。但对错要分明，怎么样做是对，怎么样做是错，要讲清楚，要把人类社会的共识给宝宝讲清楚，否则宝宝长大后必然难以融入社会，甚至与社会抵触。孩子最好的老师是父母，然后才是学校里的老师；因为孩子最信任的人是父母，然后才是学校里的老师。最相信谁的话，谁的话自然就最起作用、最能深入孩子的心，当然除了话语，行动一样也能起到教育作用。

　　孩子不听话时，有的父母拿棍子，这是惩罚式教育。惩罚式教育不可缺少，因为没药可救时，只能动手术；但有药可救时，还是不要动手术的好，动手术是伤身又伤心的。最有效的教育是用爱来教化，是滴水穿石，不要指望一顿打、一顿骂就能奏效，就能教育好，也不要指望一顿好言相劝就能奏效，而

11

是要长期地、在日常生活中点点滴滴、反反复复地教导、引导，而且要让孩子察觉不出来你是在教育她，这样的教育，才是成功的教育。为什么说要用爱来教化？因为只有你深怀对孩子的爱，你才有耐心、不厌其烦地教育孩子。当然也不是说打孩子的父母都不爱孩子，打孩子的父母儿时一般都经常挨父母的打，潜移默化中继承了这个习惯，并习以为然。要改掉这个动不动就给孩子动手术的习惯，动手术虽然快，但实际上在你看不到管不着的时间和地方，孩子仍然会旧病复发，所以为人父母要耐心地"熬中药"给孩子喝，这样才能治本，才能扶正根本。

8　顾家

顾家是为人父母的根本。如果不顾家，聪明勤劳就没有用在刀口上，等退休的时候，就发现只不过像整天团团转的蚂蚁一样，做了一辈子无用功。

很久以前，有一个卖炭的人，卖炭给别人，舍不得自己用，因为她觉得卖给别人能赚钱，自己用了赚不到钱，于是就冻成了冰棍。这人是多么的愚蠢，忘记了卖炭赚钱的目的是为了自己。现在同样有很多这样愚蠢的人，在工作单位非常聪明勤劳，因为在工作单位干活有工资，一回家马上就变了个人，又蠢又懒，她觉得在家里干活是白干，没人发工资，于是家就不是家。这人是多么愚蠢，忘了工作赚钱的目的是为了家，因为家就是大我，我就是小家，家就是小国，国就是大家。一个人赚钱不为了自己、不为了家、不为了国，那这人就是一个愚蠢的人。

9 有梦想的人

　　奇女子或奇男子不是做给别人看的，也不需要别人的评价，别人的评价都是浮云，因为没有谁能陪你从头到尾走完这一辈子，更没有人能陪你走完生生世世，奇或不奇只是自己的心安之处。

　　奇并不是要奇怪或出人头地，而是要做一个有梦想的人。大部分人睡着了，才有时间做梦，醒了就忙得失去了梦想，在忙忙碌碌中糊里糊涂地过完了一辈子。在清醒时也保持梦想，这难度不算是奇吗？这难道有什么难吗？但这很重要，有梦想，才不会失去目标，才不会随波逐流，才能达到自己想去的彼岸。把心安在该安的地方，而不是安在人潮人海中，那样会被淹没而失去自我。女子要做一个奇女子，男子要做一个奇男子，做一个为自己为家为国争光的人，而不是虚度年华。

10　成功人士

我们每天都在为普通的工作忙碌，在普通的岗位上默默地奉献着我们一去不复返的岁月。普通的我们都以为叱咤风云的成功人士很成功，想要什么有什么；其实成功人士跟我们普通人比起来，最缺的就是时间，而人生中最宝贵的也是时间。成功人士有的，我们没有。而我们拉家常时，成功人士可能还在开会。

成功人士牺牲了娱乐的时间、与家人团聚的时间、休息的时间，为事业奔波，为社会创造更大的财富。老总们如此，明星也是如此，各个阶层的领导也是如此，各界的大牛也是如此，国家领导人更是如此。这些成功人士是我们普通人羡慕的对象，但我们只知道他们光彩夺目，却不知道他们发光发热的艰辛，以及付出了超出常人的努力和生命。每一个成功人士都是我们学习的榜样，我们应该学习的不是他们的功名，而是他们的付出；我们应该尊敬的不是他们的地位，而是他们的贡献。

11 跳舞的大象

到动物园里，给我印象最深刻的是大象能随着音乐翩翩起舞。理工科的人在大部分人、甚至所有人的印象中都是"比较无趣的，生活缺少乐趣，呆板又缺乏生活情趣"。的确，理工科的人已经被理工的逻辑所洗脑，里面往往充斥着非此即彼的条条框框，在理工的体系中缺乏文科的形象生动，在人们眼里是不会转弯、呆头呆脑的大象形象。但大象既然能跳舞，理工科的人为何不能浪漫。爱因斯坦是理工科里最伟大的人，但爱拉小提琴，给玛丽写情书；杨振宁是理工科里最伟大的华人，但爱唱歌，给翁帆写情诗。看来会跳舞的大象过去存在，现在也存在，在外国存在，在中国也存在，这说明大象具备跳舞的能力。但并不是所有的大象都会跳舞，因为能不等于会，一个瓶子能装水，不等于这个瓶子里就一定有水。

理工科的人要想成为一个会跳舞的大象，就必须放下自己的架子，不要以为自己懂点逻辑推理就有什么了不起，不要把自己的理工知识生搬硬套到生活中。生活中更多的是情，不是理，更吃香的是情商，不是智商，用跟物打交道的理工思想来跟人打交道，就会到处碰壁、到处冷场，甚至连恋爱和家庭也会产生困难。理工科的人特别是计算机学科的人试图修复生活中所有的 bug，无法容忍程序中出现一点沙子，但现实中的人和事总是不完美的，特别是自己最亲的人和最爱的人，你能近距离地看清她每一个缺陷和斑点，如果你苛求完美，那不但给你自己，也给你的亲朋带来负担和痛苦。理工科的人要想成为会跳舞的大象，就要懂得凝听生活的节拍、懂得跟着现实的节奏、懂得接受和拥抱这个婆娑世界，并随着婆娑世界的风雨，和红尘一起起舞，而不必时刻用自己敏锐的"象鼻子"来挑剔这个世俗的世界。

12 贵人

　　你的贵人，是门前的树，给了你满眼的绿色；你的贵人，是路上的树，给了你旅途的阴凉；你的贵人，是院子里的树，给了你花前月下；你的贵人，是梦中的树，给了你无限的梦想。你的贵人，是父母，给了你无价的生命；你的贵人，是亲人，给了你无条件的陪伴；你的贵人，是交警，让你远离危险；你的贵人，是老师，让你远离无知；你的贵人，是爱人，让你远离孤独。

　　你的贵人，是药，让你远离病痛；你的贵人，是忠言，让你远离失误；你的贵人，是家，让你夜夜有归途；你的贵人，是路，让你有路可走；你的贵人，是地球，让你有立足之处；你的贵人，是天，让你知道天高地厚。

13　人生教育

在有些国家和时代缺少的往往是人生教育，缺少对人本身的关注，而是更多地关注于人身之外的物质世界，把人的生命完全寄托和依附在物质世界之上，丧失了自我。因为一切都是根据现实需求进行的教育，教育人们怎么生存、怎么生活、怎么工作，而没有教育人们关于人生的意义、人生的使命、人生的终极目标。正是因为人生教育的缺乏，使得宗教成为唯一的人生教育途径，但宗教这种途径是非官方的，难以得到普及。这些国家和时代的教育模式使得有些人在缺失人生教育的情况下，行尸走肉地追逐功名利禄，充满生活小聪明，缺乏人生大智慧。

老师的责任不只是教育学生，而是教育社会上所有的人。每个人不仅仅是在学校需要接受教育，在整个人生阶段都要接受教育。不要以为人长大了，成人了就懂事了，其实不然，智慧与年龄无关，朝闻道、夕可死。所以要对所有人进行终生教育，以使所有人离道越来近。这道就是指的人生的终极目标，永恒之道。这终生教育要以人生教育为主，职业教育为辅。人生教育让人幸福，职业教育让人富有。富有的人不一定幸福，所以人生教育不可或缺。

14 扫一屋

　　对人不要分贵贱，对物不要分简繁，对事不要分大小，因为或贵或贱或简或繁或大或小，对智慧而言都是平等无二的。一叶知秋，一叶的智慧与一秋的智慧其实是一样的。一屋不扫何以扫天下，扫一屋的智慧与扫天下的智慧其实也是一样的，自然扫一屋的人与扫天下的人的智慧也是一样的。

15　缺点不是坏事

　　不要让子女觉得自己是完美的人，我经常故意向孩子暴露自己的缺点，就是想让孩子知道父母不是英雄、不是伟人、只是一个普通的人，让孩子有成为英雄和伟人从而为父母争光的动力。为什么贫寒之家出贵子，为什么父母孬嘻嘻、洋昏昏、可怜巴巴、受人欺负，子女反而能出人头地、成龙成凤，就是因为孩子希望为父母争气、出头，我们要给孩子这种动力，而不是假装完美，要向孩子展示真实的自己。把孩子当成自己的老师，向孩子学习，这样孩子才能超过自己。

　　父母虽然伟大，但也有缺点，孔子、毛主席、诸葛亮、爱因斯坦都有缺点，父母的缺点就是我们的缺点，所以我们多向父母学习的同时，也要理解父母的缺点，如同理解我们自己。

　　人人都有脾气，人人都有过失，往往都是从小时候的家庭环境和社会环境造成的。我们看到别人的缺点，不但不要生气，反而要同情，因为缺点就是"病"，看见别人生病，你会生气吗？应该心疼才对，应该好好照顾别人才是。缺点这种"病"靠骂、靠讲理、靠争执是改不过来的，只能靠爱去融化。

只要你付出足够的爱，世界上没有融化不了的冰。我们也要理解爱人的缺点，如同理解自己的儿女，因为爱人的缺点在我们儿女身上都有，这就是遗传。每个人都有不同的缺点，缺点如果你脸上的痣，是天生的。让你把痣"抠掉"，你愿意吗？你可能不愿意，说这就是我的特色。对！缺点就是每个人的特色，这世界就是因为每个人有不同的缺点，才能体现出你的优点，否则哪有五色洋人，否则这世界多无趣。人人都一样的，都没有缺点，千人一面，你觉得好玩吗？看见别人的缺点，你就看见了自己的优点，你要感谢那些有缺点的人，他让你更加自信。

16　不要生气

　　你走在路上，有人无缘无故给你一巴掌，你能不生气吗？公司给每个人都给加班费，就是不给你加班费，你能不生气吗？本来该你拿奖，结果比你差的人拿奖了，你能不生气吗？不要说是人，就连狗，被人欺负都会生气而吠叫。这都是人之常情，遇到自己不服的、怨恨的、看不惯的，大凡都会生气。一生气就会争执，就会有矛盾，就会反目成仇，因此当别人生气的时候、骂你的时候，你不要责怪这个人，也不要生气，因为别人生气是正常的。

　　别人给你钱，你会生气吗？别人朝你笑，你会生气吗？别人生气肯定是因为你招惹了别人，当然不一定是现在招惹，可能是以前招惹，例如几年前、几十年前、甚至更久远以前例如祖辈招惹了别人，别人怀恨在心，才会生气。当别人生气的时候、骂你损你的时候，你不要怨恨这个人，也不要生气，因为你生气了，就会加重你们之间的宿怨。

17 三思后行

做任何事情，都要想好后再做，因为"一分耕耘一分收获"，而这收获的可能是善果，也可能是恶果。"勿以恶小而为之，勿以善小而不为"，如果预期是恶果，则不要去做，如果迫于外界压力不得不做时，则要尽量地拖着不做；如果预期是善果，则要积极地去做、主动地去做。

要想得到善果，就要趋利避害、"近贤臣远小人"。趋利避害是人之天性，就连小孩子也不会往墙上撞。"近贤臣远小人"是人之共性，小人也讨厌小人。但最大的问题是很多人很多时候分不清利与害、贤臣与小人。牙痛的小孩往往偷偷扔掉苦药而偷食糖果；古代昏君往往把忠臣当奸臣，奸臣当忠臣。这样黑白颠倒、真假不分的后果就是牙齿蛀坏、国破家亡。

18　利害善恶

　　欲把握利害善恶就要学会识人、识物、识事，要会识别人之忠奸，物之利害，事之善恶。人的忠奸是由其心境、环境、家境、生生世世境所共同确定的。狗变不成狼，狼变不成狗，我们也不要妄想把奸猾之人变忠诚，唯有远离这样的人，才能免遭其暗算和伤害。欲知人之忠奸，需看其相、听其言、察其行，善变折腾之辈大多奸猾之人。在择偶交友时，更要远离奸猾的人。

　　物之利害是相对的，对我有利的物说不定对你有害，你我有害的物说不定对你有利，此时有害的物说不定将来有利，此时有利的物说不定将来有害。例如有病的人吃药有利，无病的人吃药有害，有病时吃药有利，无病时吃药有害。欲知物之利害，需多问学、多实践、多分辨，不能刻舟求剑、固守成规，否则往往会导致以利为害、以害为利，最终祸害自己。欲知事之善恶，当知共事之人之物，人忠且物利，则事善；人奸而物害，则事恶。

19　相由心生

相由心生，最好的美容良方是美心。钱能买到鬼上树，但买不到美丽的容颜，如果能买到，古代那么多妃子为什么总有一天会失宠？容颜终会老去，而能从头美到尾的只有心，只有心灵美的女子才能笑到最后。大脚马皇后始终是朱元璋的最爱，后宫三千佳丽也不及马皇后的一只大脚。在以小脚为美的古代，马皇后之所以能一直美在丈夫的心里，直到白发苍苍，是因为马皇后的心美。

有钱美容，不如给孩子多买几本书，给父母多买几次水果。你花在容颜上的钱，只会让你的容颜缺陷欲盖弥彰，而你花在家人身上的钱，换来的是家人的爱。当你沉浸在家人的爱中，你就能从家人的眼中看到最美的自己。有时间美容，不如多美美家里。近朱者赤近墨者黑，家里脏，你就会变脏；家里臭，你就会变臭。又丑又脏如何能让身心健康，不健康如何能美，细胞天天在脏臭中，就是天天在毁容中。

美丑本无标准。你觉得胖美，胖就美，例如唐朝；你觉得瘦美，瘦就美，例如当代。美丑由心定，你的心丑，看到镜子里的你就丑；你的心美，看到镜子里的你就美。你的心美，即使你的容颜丑，你在别人的心里也会美；你的心丑，即使你的容颜美，你在别人的心里也会丑。美丑没有标准，标准在人心中，决定你美丑的不是你的黑白，也不是你有无斑点，而是你的心。人和人之间是心心相印，你的心丑，你在别人的心中就是丑的，你的心美，你在别人的心中就是美的。我们看到的容颜不是用眼睛看到的，是用心看到的。你会觉得你父母丑吗？你会觉得你孩子丑吗？绝对不会，所以心才是决定美丑的唯一要素。

20　贤妻

不要以为是个女人，就是贤妻，古有潘金莲这种败类，如今这种败类更多如牛毛；也不要以为是个女人，就是一个伟大而神圣的母亲，新闻报道中经常有把刚生下来的孩子扔进公厕茅坑或为情夫杀子的恶毒女人。贤妻良母不是任何一个女人的标配，而是一个心灵美丽的女人才有的品德。这种美丽的女人是神圣的，是人类共同的母亲，而那种恶毒的女人，将堕入万劫不复的境地。

厚德的女人把家当成自己的生命归宿，会像爱护自己的身心那样爱护自己的家、打理自己的家；薄德的女人把家当成自己免费的住所，会懒得回家、倒了扫帚也不扶、灰多厚也熟视无睹。心有归宿才会宁静，宁静才会幸福，幸福才会身心通畅，才会美由心生，不见衰老。心如浮萍则会心烦，心烦则内心怨恨孤苦，必然身心堵塞，很快颜老色衰。可见，爱家就是爱自己，家美人才美。

21　愚痴无明

　　人们最容易舍近求远，蚊子咬了他一口就去打掉，但却假惺惺地去放生，这就是愚痴。打掉的一只蚊子和杀掉的一头牛没有区别。

　　放生用处不大，把羊放出去了，迟早还会落入虎口。有用的是教化老虎不吃羊。有的人自己都吃肉，还放生，就更是黄鼠狼给鸡鸭拜年，故作姿态了。很多人放生只是有所求，是为了有所回报，心机不正，怎么可能有福报？而且放生的东西往往是被别人为了放生而捕捉来的，只是自欺欺人的一个圈套。我觉得为了自己的福报而做出的好事，称不上是大善。只有发自内心的、自发的，而不是在希望别人或神灵看到的心态中做好事，才是真正的善良。

22　静心治学

在学习时，在做研究时，千万不要生气，要保持心静，这样才能学得懂，研究得会；否则一肚子气，知识就进不去脑子，更谈不上从脑子里挖知识出来了。为什么生气对学习和研究危害如此之大？因为生气就会使得大脑进入专注状态，专注的是生气的内容。俗话说心无二用，既然大脑专注于生气的内容，又如何能专注于学习内容或研究内容呢？

这里所说的气，不仅仅指怒气，还指怨气。例如，你付出努力了，却没有成功；你每次上课都没有迟到，老师却没有给你很高的考勤分。这里的气还指妒忌之气。例如，同宿舍的人比你考得都好；同学被保送研究生了，你没有。这里的气还指欲气。例如，想出去玩了；想去做兼职赚钱了。这里的气还指担忧之气。例如，担心毕不了业；担心发不出论文。这里的气还指寂寞之气。例如，想找个人聊天；想找个人谈恋爱。上述这些习气，都是求学求知道路上的障碍。

做一个学生、做一个学者，其实和做一个修行人没有区别，首先要修心，要使得自己的心地清净无染，这样才能在知

31

识的海洋中自由航行，而不至于苦海无涯。真正的大学士、真正的大学者是不觉得求学苦、问学难的，而是乐在其中。子非鱼，安知鱼之乐。真正学者能感受到的乐趣，不是赌徒能感受到的，也不是瘾君子能感受到的，更不是花前月下能感受到的，当然也是用钱绝对买不到的，因为从中能品尝的是人类文明的蜂蜜。

那如何才能做到不生气？要知道，生气的原因，要么是因为自己的利益受损，要么是因为自己的理想与现实产生落差，要么是因为自己的自尊受到了伤害。这一切都是与自己有关，而我们学习的目的、我们研究的目的不是为了自己，而是为了人类文明的进步和发展、为了人类社会的幸福和安康。既然明白了这个目的，我们学子和学者又何必为了自己而生气？因为自己的得失并不重要，重要的价值在于对于人类这个大海的贡献。

我们学子学习的目的是为了继承人类的文明，来为人类社会的幸福服务。我们学者研究的目的是为了发展人类的文明，来为人类社会的进步服务。如同我们为了家人，愿意吃苦耐劳养家糊口，同样我们为了整个人类，也应该放下一切个人得失、悲喜，而心静如水地潜心知识的海洋和研究的航船，义无反顾，终生无悔。

也许有人说，我不是那块料，成不了科学家。每个人的能力不同，有的人，天生是宝玉，那就能做首饰。有的人，天生是石头，那就能做建筑材料。有的人，天生是木头，那就能做桌椅。但每个人在学术的天地里都能找到自己的位置，因为学术的大厦，不是只有最高一层楼，还有倒数第二层，倒数第三层。虽然成就最大的是最高一层楼上的学者，但最底一层楼的学者对于学术的大厦而言，同样不可缺少，同样是学术大厦的不可或缺的组成部分。

所以不论我们在学术上是否能取得成就，或者能取得多大的成就，这些都不重要，重要的是我们能够坚守在学术的阵地，作为学术大厦的稳定组成部分，完成自己的本职工作，而不是在那里东摇西摆。学术大厦中任何一个学子、学者的任何一点动摇，都有可能影响学术大厦的兴衰。只要所有学子、学者心静如水、潜心学术，那么整个学术大厦就能固若金汤，繁荣昌盛。如何才能做到不动摇、心静如水、潜心学术，那就要做到不生气，有如老僧入定，四大皆空，唯有学术不空。

如何能做到不生气？根本在于放下自我。也许有人认为放下自我，那是骗人的，因为没有一个正常人傻到真的放下自我。其实放下自我，才是真正的大智慧。放下了自我，才能真的实现自我。自我是渺小的、短暂的，所以人生的根本意义本应不在自我，而在于大我。这个大我可以传承和发扬自我，这个大我就是整个人类、所有苍生，甚至整个世界。试想，如果没有人类文明，我们现在还知道有秦始皇这个人吗？孔子的《论语》还能流传到今天吗？那么，如果没有人类文明，秦始皇的价值何在？孔子的价值又何在？

23　展翅高飞

　　新一届大学生刚入学，作为班主任，我和大学生进行了交流，了解大学生的心声，下面是其中三位大学生跟我说的话，我听了这些话，既高兴，又心忧。"进入了大学，是磨炼的开始，大学这个磨盘……""上了大学，学习环境上似乎宽松了许多，可是总能感受到一种无形的压力在压迫着自己……""曾经我以为大学并不会比高中苦。然而我错了。开学那一个星期，听到的许多讲座，最有印象的就是千万不能挂科，挂科要重修，感觉束缚感更重了……"

　　这些话语让我高兴。高兴的是这几位大学生没有被金榜题名冲昏头脑，有紧迫感，有压力，而压力必然可以转化为大学阶段的学习动力。这些话语又让我心忧，心忧的是有些大学生有着心里包袱，负重前行；如果不放下包袱，必然难以展翅高飞。把一块石头绑在小鸟身上，小鸟能飞得高吗？要想展翅高飞，首先要放下包袱。

　　进入了大学，既不是磨炼的开始，也不是磨炼的结束，因为我们从生下来就一直在接受着人类文明的磨炼，磨炼是为了让我们成器。"玉不琢不成器",大学这个大磨盘,能让我们称为国家大器。大学这个大磨盘,是人人向往的磨盘,是无价的磨盘,是能磨出美好人生的磨盘,是为国家输送栋梁之材的磨盘。上了大学,虽然学习环境上宽松了许多,但大学的学习可能会让大学生感受到一种无形的压力。这种压力不但不会压迫到大学生,反而能托起大学生的梦想,使其成为实现中国梦的一个得力队员。这种压力不是从外界来,是从大学生内心深处而来。从外界来的压力会压得你透不出气,从内部来的压力是您心脏的压力泵,能让您血脉偾张、意气风发。这种压力是大学生报国的动力。

大学苦不苦,要亲身经历过一遍才知道。"子非鱼,安知鱼之乐",我们觉得鱼在水里,要承受水的压力和阻力,一定很辛苦,但鱼却很欢快。大学千万不能挂科,挂科要重修,但这不是束缚,相反这是保障,为了保障每一个大学生都不掉队,每门课都过关,进而为将来服务国家奠定坚实的基础。如果大学放任大学生挂科,大学生必然会出现知识上的跛腿,进而会导致大学生走上工作岗位后报效国家时心有余而力不足。我们今天努力学习,是为了明天报效国家!我们为什么要报效国家?因为我们都是国家的儿女!

24 生日快乐

亲爱的爸妈，今天是你的生日，也是我的生日，也是我们的生日；因为没有你，就没有我，也就没有我们。在漫长的岁月，想起也就是一瞬间，你用乳液喂养着我，用语言教养着我。当我想走时，你用手牵着我；当我想飞时，你用手指引着我。

亲爱的爸妈，今天是您的生日，也是世界的生日；因为没有你，就没有我，我也就不知道这个世界的存在。是你带我走进了这个世界，是你让我融入了这个世界，是你让我看清了这个世界，是你让我接受了这个世界，是你让我拥抱着这个世界。这个世界因为有你的陪伴，所以亲切；这个世界因为有你的期盼，所以充满梦想；这个世界因为有你的笑容，所以欢乐；这个世界因为有你的足迹，所以睿智。

25 同一支笔

你是我的笔，我用你书写我的爱意。我奋笔疾书在梦里，涂满了我的记忆，虽然一梦只在瞬间，却比一生还要久远。我是你的笔，我愿意被你握在手间，感受你的体温，感受你的心情，感受你的悲欢和孤独，感受你的靠近和离远。一切只在转瞬间，我记录着你的阴晴圆缺。你的完美，你的缺陷，都是我的最美和唯一。

我是你的笔，你是我的笔，我忘记你我，只想随笔而动，随笔而眠，随笔而笑。我想用我的动来摇曳你，我想用我的眠来梦想你，我想用的笑光照你。我们就是同一支笔，不需要任何人去握，我们能自己书写自己，自己书写明天。

26　孩子的兴趣

有的父母根据自己的兴趣要求孩子，以为自己的兴趣是正道，把孩子的兴趣当成不务正业。如果孩子的兴趣不合自己的意，就泼冷水，甚至冰水，不阻止成功不罢休，这是极其错误的做法。

正确的做法是在孩子的兴趣上添柴加火，如果自己没有柴火，帮不上忙，那就在一边看着，千万别指手画脚说这不行、那不行、这不好、那不好。

27 放孩子飞

　　有的父母只让孩子学习不让孩子玩，其实玩出来的是本事、是能力，学出来的是书本、是知识。哪个更重要？只玩不学，玩的是无源之水；只学不玩，学到的是无用之水。

　　有的父母不给孩子添枝加叶，还根据自己的一套标准给孩子剪枝剪叶，不但不给孩子创造更多条件和机会，反而抹杀孩子自主发展的条件和机会，自以为是对孩子的关心，其实是对孩子的伤害。

28 父母的意义

　　孟子的母亲为了孟子搬了 3 次家，结果孟子成了中国的圣人，有什么样品格的父母就能培养出什么样品格的孩子。

　　父母懒，则孩子懒；父母勤，则孩子勤；父母贤，则孩子贤；父母刁，则孩子刁。为什么会这样，因为孩子事事都以为父母做的就是没错的，跟着父母一样地做就不会挨父母责骂，所以孩子事事都会跟父母学。

29 怀念霍金

地球上只有一个霍金，正如地球上只有一个爱因斯坦、只有一个图灵、只有一个钱学森，这些科学界的伟人虽然从未谋面，却是我们共同的楷模和榜样，是我们前行道路上的标杆和旗帜。科学的发展为的不是一己之私，而是整个人类文明的进步，是国家和社会的繁荣，是同胞的幸福。

如果没有电灯，我们的夜将仍然在黑暗之中；如果没有相对论，我们人类将还在经典力学的井里，而相对论让我们看到了无限的可能；如果没有计算机，就不会有我们现在如此方便快捷的生活。霍金离开了我们，正如爱因斯坦离开了我们、图灵离开了我们、钱学森离开了我们，一个又一个科学界的伟人必然会一个又一个地离开我们，我们感到痛惜，我们少了一个又一个的依靠，少了一个又一个的脊梁；但我们庆幸科学界的伟人还会一个接一个地来到我们地球，为了地球的美好而无私奉献和奋斗。

30　家教

我们睿智，孩子就会睿智；我们按时下班，孩子就会按时上学；我们有不良习惯，孩子就会有不良习惯；我们勤奋，孩子就会勤奋；我们暴躁，孩子就会暴躁；我们不珍惜自己，孩子就会不珍惜自己。

我们自身就是孩子最好的课本，家就是孩子最好的课堂。

31　平时

　　本科生在临考试前知识会突飞猛进，研究生在答辩前论文会快速提高，原因就是临时抱佛脚起的效果。如果我们把考试前夕、答辩前夕的那股劲用在平时，我们就能取得更大的成绩，进而在人生中取得更大的成就。台上十分钟，台下十年功。你去答辩也就十分钟讲得时间，但你能得多少分，这是你平时积累起来的。虽然临时抱佛脚比不抱佛脚强，但不一定灵。有的人聪明一点，可能临时抱佛脚，还有点效果；有人笨一点，那就会延误答辩的时机。但任何一个人，能聪明到哪里去呢？连爱因斯坦都说勤奋比天赋重要，我们有什么资格觉得自己聪明？我们若想取得一点成绩，唯有用时间去灌溉知识的大树，那样才能结出硕果；否则几年下来一无所获，是对教学资源的浪费、对人生时光的浪费，会让父母失望，会让老师失望，甚至会让你自己对你自己失望。

　　当你平时想放纵自己的时候，当你平时漫无目标而迷茫的时候，当你觉得读书无用的时候，当你被花花世界所迷惑得想入非非的时候，去想一下考试、想一下答辩、想一下工作时的面试。人生有很多关口，你没有本事就无法闯过去，而本事从哪里来，拳不离手、曲不离开，要靠你平时去练。你学什么专业，就要练什么专业，不要想着成为全才，不要看着别人会啥就想学啥，如果那样，到头来你什么都学不会。如果你是学计算机的，就要好好练习编程，比尔·盖茨是世界首富，windows核心中很大部分就是比尔·盖茨亲自编写出来的，不要鄙视动手，不要觉得编程是码农。你有什么权利去鄙视农民？没有农民，你吃什么；没有码农，当今的信息世界会马上瘫痪，所有的医院、食堂、学校等全部都无法运作。如果你连编程都不会，你如何去研究算法，如何去做实验，所以要想做个计算机高手，首先要成为编程高手，而这些都是在平时练出来的，这些都无法在考试前夕或答辩前夕一蹴而就的。

32 贤惠

　　贤惠的人必然有大智慧，因为只有当你看透了人间的浮华，你才不会去计较浮华。看透浮华要靠智慧，而不会计较浮华才是贤惠。智慧的人不一定贤惠，因为你有抓住浮华的小智慧，不一定有看透浮华的大智慧，甚至反而会在浮华中做牛做马、追名逐利，这样自然也就无法做到贤惠。

　　贤惠要比智慧更为重要，一个是情商，一个智商，情商比智商更为重要，因为做个能人不如做个好人。

33　果断

　　想退出的果断退出，想进入的果断进入，人生短暂，不破不立，不失不得。你要想去摘树上的果子，就要首先把手中的垃圾袋扔进垃圾桶，这有什么犹豫不决的？

　　做一件事情之前，要先想一下未来，这事对我未来有什么帮助？对国家、对社会有什么贡献？如果都是无，那就可以直接放弃这事情。

34 救人

一个人生了病，大家都说这人没病、气色好，那不是帮这个人，是害这个人，是想把这个人陷入无药可救的境地。等到无药可救之时，那时候大家一定都会来数落这个人、谴责这个人，但到那时候说这些话又有什么用处呢？

如果自家人都不愿意说逆耳忠言，那还会有谁说呢？别人恐怕更会说些甜言蜜语，让犯错者自以为是、越陷越深，直至达到悬崖而无法勒马，带来家庭破裂，幸福全无。连老师都会毫不犹豫地在发现学生有犯错苗头时进行教育，难道至亲还不如师生么？

乾隆为什么喜欢和珅，就是因为和珅让他觉得舒服，但如果没有刘罗锅，乾隆恐怕也舒服不长久，因为国破王还在吗？一个大家族，总为至亲圆场，温水煮青蛙，到时候家破至亲还是至亲吗？至亲可能就成了路人。

有些家长，学生迟到了，老师批评学生，其还跑来为学生说话，这样的家人貌似是宠爱学生，其实是害学生。亲生父母一见到老师就说，这孩子不听话就打、狠狠地打，难道是这亲生父母不爱他孩子吗？这才是真正地关爱。

　　与人为善、万事包容是好的，但要看场合、分情况。如果是无关乎大局、无关家国和谐的事情，可以包容；但如果有人扔了一根火柴到一个满是干柴的山上，你不去劝说和制止，还在一旁说"这个人扔火柴肯定是因为太忙，没有时间把火熄灭"，那你这是为这个人好吗？这是害这个人，因为这个人自己就在山上，山烧起来了，这个人自己也跑不掉，导致玩火自焚。到那个时候你会说什么呢？你肯定会说"这人太不道德了，怎么能往山上扔火柴呢！"。但到了那个时候，你说这话对这个人又有什么意义呢？

35 失就是得

坏水不倒掉，则好水进不来；屎不拉掉，则饭吃不进肚子。因此失去坏的东西，才能进得好的东西，失去旧的东西，才能进得新的东西。

可见，失为得之父母，无失则无得。"失之东隅收之桑榆"，失去的与得到的不一定相同，但得到的不一定比失去的差，所以失去不必悲伤。

36 不要追求名利

　　人生不应以追求功名为目标，而应以追求爱为目标。我认识很多达官贵人、社会名流、腰缠万贯之辈，他们都很羡慕我。我无名无利，羡慕我什么？羡慕我清闲，我因为不求名利，所以清闲。那些功成名就的人因为忙，有钱没时间花，天天吃盒饭，这是我亲眼所见；不是他们作秀，往往是我碰巧有事，找他们，看见他们正在吃盒饭，盒饭里也不是什么山珍海味，就是普通的十多块的盒饭。

　　这说明什么问题？这说明，你如果追求名利，追求到的东西往往不是你想要的东西，而且等你追求到了，你就骑虎难下了，你一下，就会遭人嘲笑，而且你也不习惯再下来步行了。人前耍大牌，人后吃盒饭，这就是社会上层的常态。不是新常态，是从古至今、从地球到全世界的常态。

37　受苦享福

选择受苦还是享福，是各人自己的选择。有人享福，必然
有人受苦。毛主席为了救中国，受尽了各种苦。换来了全国人
免收侵略之苦。佛祖为了普度众生，也受尽了各种苦。耶稣为
了慈爱世人也受尽了各种苦。甚至孔子，为了教育大家，一生
也奔波流离。

可见，受苦不是坏事，反而是好事，是求之不得的事情，
是求神拜佛都求不来的事。我从来没有觉得工作苦，生活累，
因为我觉得这些才是生活的意义，否则与猪与狗有什么区别？

38 舞者

前几年很热门的东西狂热了之后，现在已经开始变冷了，热恋是不持久的；但文明的发展只有经过这样的螺旋式前进，才能最后修成正果。今天随处可见的高科技，一千年之后，我们现在的高科技到那时候都成了小儿科。

任何一个热门的技术只能火几年，很快就会降温，直至寂静。寂静之后，说不定哪天又被人踩了一脚，又像发现新大陆一样火了起来，但还是过不了多久又会降温和寂静。大部分搞学术的只能跟着这个火的起灭而翩翩起舞，像广场舞上的老太太们。只有爱因斯坦那样的人才能自己舞自己的，才是真正的舞者。

39　定位

　　大学的学生人数非常多，所以老师不可能像高中老师那样一个一个地去盯去管，因此读大学要靠学生个人自觉，否则就有可能因挂科太多而退学。在高中，如果你逃课，高中老师会跟在你后面补课，天天找你谈心甚至家访一直把你谈到下次再也不敢逃课。但在大学，老师会同时上几门课，加起来有几百个学生，除了上课还要带研究生，还要搞科研，因为大学老师科研任务比上课任务还重；所以指望大学老师和高中老师一样管你，是不可能的。每年都有无数学子因为没有通过高考而遗憾，既然到了大学就应该珍惜来之不易的大学生活，如果到了大学又被退学，如何对得起一直供养自己的父母？

　　研究生的核心任务是研究，不是课本知识的学习，当然研究生也有研究生课程，是要上课的。学习是终生的任务，研究和学习是分不开的。之所以要说这点，是因为很多研究生读研后，还把自己当成本科生，把导师当成上课老师，希望导师以讲课的形式教会其在研究中所需的所有知识，希望导师手把手地教自己编程。这是一种有偏差的定位，因为导师的主要任务是教研究生怎么做研究，而不是像本科课堂上的老师那样教知识，也不是像本科实验课上的老师那样教编程，研究生应该已经具备了自学知识和自主编程的能力，而不再需要导师去灌输。

　　到了公司的主要任务是为公司工作，而不是为自己学习。很多学生到公司实习或工作后都会抱怨像个螺丝钉，公司安排的工作任务总是让自己在重复地做同样的一点技术，而学不到其他技术；但公司让你一直做你同样的技术，熟能生巧，你的工作速度和工作效率便会越来越高。当然如果你想学其他技术，可以在下班后学。因为公司不是学校，公司有什么义务让你拿着公司的工资在上班时间去学工作中用不到的技术？

40 变

　　记得小时候奶奶牵着我的小手，在村子里办事，如今那村子已经在新农村改造中面目全非。当然是更新了，可是我担心在天上的奶奶回来看望我时找不到回家的路，因为路已经变了，从泥泞土路变成了宽水泥路，而且有的地方直接就改道了，路两旁的建筑更是变得截然不同。小时候，政府为了多些耕地，人们都住在山上，山下全部是水稻田，但现在，政府为了生态，又让人们把房屋从山上搬到了山下，为了让山上重新长树，就是这简单的一反一复，就让人感到人世无常。

　　不能说哪届政府的决策更英明，只能说这时空是扭曲的，不是平坦的，所以沧海能变成高楼大厦，这在深圳等沿海城市已经得到充分的证明。我就亲眼看见，我家小区旁边的一座山被挖了去盖楼，又看见海上世界范围更扩大了，这是我亲眼看见的填海的结果。刚来深圳时，听别人说深圳很大很大的地方都是填海填起来的，我听后没有特别的感受，只有当自己亲眼看见，才会刻骨铭心。我们人类在地球上雕刻，如果地球是个生命，是不是也很痛苦和愤怒？我们人类还挖石油、搞地铁，如果地球是人，这是不是在人身上抽血打洞？当然，如果我向人们说起这些，人们会说我荒唐、幼稚，甚至说我在反对人类的发展。的确，如果人类必须这样来发展，我无法改变，因为我也是人类中一员。

41 生死

　　奶奶是在我上高中的时候离开这个世界的，看着奶奶静静地躺在白布下，我仿佛能看到奶奶的心仍然在跳动，于是我要掀开白布，被周围的人制止了，因为他们说那是不可能的，是我的幻觉。但这种幻觉是如此的真实，说不定奶奶那时真的起死回生了。虽然奶奶已经去世了几天了，但我相信奶奶仍然活着，我相信，说不定那时我掀开白布，奶奶突然向我笑了笑，说自己只是睡了一觉。即使奶奶真的起死回生了，她终究还是要离开我的，就像这个世界上的每个人都迟早会离开我一样，如果他们不离开我，那我也是要迟早离开他们的，想起这些就不免伤感。

　　如果脑子里只有生和死这两个点，那人生中的一切就没有太大的意思了，唉，还是希望灵魂不灭吧，还是希望有生死轮回吧，还是希望有前生后世吧。扯远了，我还是担心老家的变化太大，当春节的时候，天上的奶奶想回家看看我，却找不到回家的路，那该怎么办。奶奶，也许你走了很多弯路，问了很多人，现在终于找到了老家，但我现在又离开老家到了深圳，这可是千里之遥，我们如何相见？

42 情结

也许在每个孩子的心目中，妈妈都是观音菩萨，爸爸都是托塔李天王。我父母在我幼小的心灵中就是这样的形象。我爸爸是人民教师，也是我自认为从小学到大学上课最让我感兴趣、最不厌烦的。我爸爸很会讲故事，我妈妈也很会讲故事，我小时候最享受的事情，就是听他们讲故事。父亲讲的往往是那些与明智有关的故事，而母亲讲的往往是那些与善良有关的故事。例如，爸爸讲过薛仁贵怎么打仗所向披靡。例如，妈妈讲过有个小孩救了一条小蛇，后来这条小蛇长成了大蛇，在天地相合的时候，将这个小孩吞进肚子里躲过了一劫，那么这个小孩就是延续我们人类的祖先。虽然这些故事不一定完全真实，但对我的启蒙教育是意义重大的。从此，我有了英雄情结，我想成为一个救世济民的英雄。

但长大后发现，我只是六十亿人中的一员，需要经过激烈的竞争才能上大学、找到好工作，也就是说先把自己救活了才能救天下。其实，再看看，天下也无须我来救，有的人活得比我还好。在这种思想的支配下，我开始变得现实起来。做梦的时间少了一些，做事的时间多了一些。工作之后，取得了一点点小成绩，解决了温饱问题，又开始对梦想多了些时间来憧憬。我有很多很幼稚的梦想，举个简单的例子，我想在各地建大楼，免费给那些没有房子的人住；我想在各地建大食堂，免费给那些吃不饱的人吃。现在想想很幼稚，政府都没有解决的住房问题和吃饭问题，我怎么能解决呢！但我觉得只要有梦想，就一定能实现，也许在我这一辈子实现不了，我的子孙总有一辈子能实现。

43　善

　　我记得小时候，有很多要饭的、要钱的，挨家挨户地乞讨，特别是在春节的时候，就更多了，母亲总是给他们钱、给他们米，从没有赶走过一个。而在有些人家乞讨时，他们就会被赶，包括在饭店里，我就看过乞丐被赶走。记得在我工作单位的食堂有个胖师傅，白菜炒肉真是超级好吃，我特别喜欢吃那个菜，所以也对这个胖师傅特别有好感。他大概五十来岁吧，看起来憨厚善良，对我们这些吃饭的员工也特别和蔼可亲，有时即使到了食堂的关门时间，我去吃饭，他也会给我炒菜，所以我觉得他真的是个大好人。可是有次改变了我对此的看法。有天，我在食堂吃饭，看见一个乞丐进来了，把桌子上别人吃剩下的碗里的饭菜倒到乞丐自己带的大碗里，这时，我看见我上面说的那个善良的大师傅恶狠狠地把乞丐倒进了自带大碗里的剩饭剩菜给倒到地上，然后恶狠狠地把那个乞丐轰了出去。我看了之后很诧异，为什么这个大师傅对我们员工包括对我这么善良，而对一个乞丐这么不善良呢？后来我想想明白了，因为乞丐和我在大师傅心中是不同的。大师傅觉得没有必要对一个乞丐善良，如同很多人觉得没有必要对动物善良。

　　大多数人认为杀人不可以，但杀动物没有关系；认为不能杀人的人，也算是善良的人。但我觉得动物也不应该杀，动物和我们人有什么区别呢？五官俱全、五脏俱全。所以我在吃肉的时候，就常常感到心里很难过，我在不是非常想吃肉的时候尽量不吃肉。还有一些人，认为珍稀动物、宠物不应该杀、不应该伤害，而猪、鸡这些动物就可以随便杀，似乎猪和鸡是天生给我们吃得一样，好像猪和鸡是低贱的动物一样。这么认为，和世界大战时期的人类的种族歧视有什么区别呢？所以我认为，所有的动物都应平等，都不该杀。从这种角度看，我的想法和佛教是相同的。当然我尊敬一切教，又不迷信一些教，我认为只要是善良的教，就应该去借鉴、去学习。

44　爱

我看到网上新闻里有人因为忧郁症跳楼了，这是我不能理解的。心情不好，只是代表自己的心情不好，怎么能不顾家人的心情去跳楼呢？我想我即使是上刀山下火海也不会去跳楼的，因为我的心中有爱。同样，我在研究科学的时候，也是因为爱，爱是我的第一驱动力。而所谓的名利，不能说不在影响我的范围之内，因为没有名利就没有生活费了，更谈不上为家人谋福利的，而为人类谋福利就更无从谈起了。所以要想为苍生谋福利，就得先有为自己谋福利的能力，否则一屋不扫何以扫天下。但反过来，如果只是为了名利，不是为了爱，那么就和猪狗等动物没有什么两样了，只是为了争一口吃的。

因为有了爱，科学家就希望自己有更多的发明来为人类谋福利，这种动力如同父母希望为儿女喂奶喂食一样地迫切。没有对人类、对自然、对苍生的爱，就如同用自己的奶去喂别人家的孩子，就没有那么心甘情愿了，那又怎么可能有科研的激情、动力和渴望呢？如果没有科研的熊熊之火，光凭几个科研项目或者上级指令或者最近流行什么技术或者国外流行什么技

62

术，是绝对不可能成为一名真正的科学家的。真正的科学家是可以和三皇五帝一样留名千古的，因为他们把爱留在永恒的时空中。

同样，作为作家，没有爱也是不可能写出心声的。写作的时候，如同对话，是要有倾诉的对象的。正所谓"酒逢知己千杯少，话不投机半句多"，如果我们没有爱的对象，那么我们只能向自己不爱的对象去倾诉。而向自己不爱的对象去倾诉，难道不是话不投机半句多么？只有心中充满了爱，再向自己爱的人进行倾诉，那文笔才会源源不断地流出精彩的笔墨。真正的作家总是在向自己最爱的人不断地倾诉自己的心声，也许那个爱人不在身边，也许那个爱人不知在何处，也许那个爱人甚至还没有找到。但真正作家坚信这份真爱是存在的，是永恒的。也许这份真爱是一份大爱，不但对自己的爱人，也对自己的家人、自己的同类，甚至不同类，甚至苍生、甚至宇宙。这份爱越广阔，那么这位作家的文笔就会越粗犷，就能与宇宙神灵相通，就能呼风唤雨。

45　屈

　　韩信能从屠夫的胯下钻过去，成为能屈能伸的大丈夫典范。那是因为后来韩信成了名人，如果他后来没有成为名人，难道不会一辈子被人当成笑谈？恐怕会成为当作软弱男人的反面教材了吧，我想一定是的。这就是成功与不成功的区别，这就是成者英雄败者寇的人间凄凉，但这就是人间。人是有感情的东西，成败自然会影响到人们的评判。但从客观上来看，我也是赞同韩信的做法的。即使韩信后来没有成为英雄，这胯下一钻至少救了韩信的一条小命。识时务者为俊杰！难怪韩信后来有了大出息，因为从小就有头脑呀！逞一时英雄，其实是狗熊。那种不计较后果的行为，貌似是英雄，其实是对自己的不负责任。

　　对自己不负责任还可以，对国家尤其不可如此。经常会有一些人，在中国受了一点侮辱之后，就要和别国开战，这些人应该想想韩信，学会忍。因为这样的事情需要对国家负责、需要对全国人民负责，而不能意气用事地开战。要战，必须分析清楚形式，有百分百胜算才能考虑开战，否则就应该忍声吞

64

气，而不能在开战后更加的丧权辱国。因为开战如同箭离弓，已经无可挽回了。最有力量的箭不是离弦之箭，而是满弓之箭。所以当受侮辱之时，应卧薪尝胆，更加积极备战，而不能轻易开战。等到我国有绝对优势时，如果别国还不识相，再战必胜。但需要注意的是，这种绝对优势，不是指对我国对别国的优势，而是指我国联盟对别国联盟的优势。但绝对不能太依赖联盟，因为联盟只是利益集团。只有自身过硬，才有可能团结到别人。所谓"夫妻本是同林鸟，大难临头各自飞"，这个我是绝对不同意的，除非不是真爱，但把这句话改下，我还是同意的，改成"联盟本是同林鸟，大难临头各自飞"。只有以上述心态为治国之利器，才能永葆国之平安。

46 真善

　　古代有人为了巴结皇上，把自己的儿子煮了给皇上吃，后来这个奸臣却把皇上饿死了。另一个例子就是，A皇上尝B皇上的粪便，以察看B皇上的病好了没有，使得B皇上以为A皇上真的是对自己好，结果几年后，A皇上就把B皇上灭了。可见，当一个人对你好时，不一定是对你好。那么怎么才能判断一个人对你好是真诚的还是虚伪的？甚至是阴险的？这个很难判断，但也很好判断。只要是有违伦理的，必然是虚伪的。因为从伦理上来说，这世界上最亲的是父母和儿女，因为有着天然的血缘关系。子女就是父母身上的肉，就是父母生命的延续。其次最亲的就是夫妻，因为夫妻进行了身体与灵魂的融合，虽是两人，实为一人。当然，如果不是真爱，是达不到这个境界的。总之，人是自私的，与自己关系越密切，就会越亲。而皇上或者集体，肯定是不如自己的父母、夫妻、子女亲的。如果一个人对领导或者集体比对自己亲人还好，或者对朋友比自己亲人还好，那么这种好肯定是有企图的，肯定是虚伪的。那么能做出这种行为的人，肯定也是阴险的。在现实中需要识别出这样的人，远离这样的人，因为这样的人一般都是小人。这种人在需要你的时候，会对你无比的好，进而利用你。当这种人不需要你的时候，就会远离你，甚至反咬你一口。还有一定要提防六亲不认的人。因为按照伦理逻辑。如果一个人连六亲都不认，那么这个人对其他人就更不认了。如果这样的人却对你很热情很关心，那必然也是虚伪的。看一个人是否善良，倒不在于这个人对别人做了多少好事，首要看的是这个人是否孝顺父母，因为如果一个人连自己最亲的人都不善良，对别人的善良必然也是虚伪的，或者是沽名钓誉的。

一个真正善良的人，必然是一个对父母孝顺，对夫妻真心，对子女慈爱的人。在"文化大革命"的时候，有的人把自己的父母或夫妻都以鸡毛蒜皮的事由揭发了出来。这种人为了所谓的集体荣誉和政治前途，连自己的亲人都可以踩在脚下，这种人是值得鄙视的。这种人肯定不是善良的人，肯定是极端自私的、虚伪的人。所以识别这些伪善，就要看这些人的行为有没有违背人之常情。如果一个人在家对白发苍苍的父母很凶、爱理不理，却在外面做义工去慰问孤寡老人；如果一个人在家对老婆很小气，却在外面对朋友很大方。这难道不觉得很奇怪吗？其实现实中应该有这种人，这就是伪善。这种人的善举是做给别人看的，并从中获得荣誉感，说白了只是为了自己。这是通常上的伪善，还有宗教上的伪善。

为了神、佛保佑而进行善举，这也是伪善。真正的善是发自内心的慈悲，是不求回报的慈悲。当然，宗教使得人们向善，这是好事。说不定伪善做习惯了，某一天就真的发了慈悲心，成了真善。

47 清高

　　自古才子文人君子都自视清高。往往会被一些世俗之徒和小人所耻笑。因为自视清高的人不耻用下三流的手段去做事，去达到自己的目的。而小人则不然，为了达到目的，什么下三烂的手段都可以使用得出来。古人打战前，一般还下战书。游击战的时候，都是偷袭。这么看来，还是古人自视清高些。但如果游击战的目的是好的，是为了打跑侵略者，少些迂腐的套路又有什么要紧？可见，清高不清高，那只是形式。

　　我们只要注重实质而不要注重形式，就能够做到内方外圆。如果对敌人清高，那实在是糊涂。如果当狼要吃你时，你还跟狼讲礼貌，那肯定会被吃掉。对待小人，也不能清高，否则肯定会被整得很惨。这就是为什么自视清高的人很困惑的原因。自视清高的人一般会拘泥于一些清高的条款，而这些条款使得这些自视清高的人在手段上不能随心所欲，因此清高者自然就竞争不过那些不择手段的人了。例如，那些会拍马屁的人自然会比不会拍马屁的人官升得快。这就使得自视清高的人很苦闷，干得比别人多，却获得比别人少。自视清高也有好处，最起码不会进大牢，不会做出违法的事情。在不违背原则的情况下，特别是在对待小人时，是没有必要自视清高的；这叫以其人之道还治其人之身，这样做了也不失内心之清高。如何才能做到清高且不吃亏？如果要做到这一点，自身就需要具备更大的能量、能力，因为道高一尺、魔高一丈。你是自视清高的人，所以你是道，所以你的本领需要是魔的十倍，才可能与魔打个平手。所以自视清高的人，一旦不再吃亏时，必然已经成了绝世高人！

48 青山在

　　想起诸葛亮为了国家的命运而夜以继日，以至于英年而死于沙场。想起很多科研人员，为了科研晚上不睡觉，而猝死于实验室。谁说红颜薄命？我看是英雄薄命。如果诸葛亮多保养身体、注意休息，说不定就能帮助刘禅战胜曹操。如果科学家注意身体，研究到 100 岁，说不定也能获得诺贝尔奖。所以我们要好好保养自己的身体，注意休息，用健康的自己陪伴我们的家人、陪伴我们的世界。

　　可见，做任何事情都应该有远见，而不能一时意气。为了一时的快乐而去吸毒、赌博，为了一时的发展而去破坏自然，不都是在犯同样的错误吗？犯这种错误的人是用将来换取现在。但没有将来的现在何以为继？虽说如此，有的人心想人迟早都是要死的，早死迟死有什么关系呢？所以有的人就想先爽一把，才不管它明天会不会死！有的官员也是这样，为了在自己任期内出政绩，不停地大兴工程，又有多少工程真的让老百姓受惠？当然也有，因为好官和坏官、好人和坏人总是对立的统一。

没有好，哪有坏？同样休息和工作，也是对立的统一。难怪古人说要劳逸结合。因为逸是为了将来更好地劳。同样我也理解了"不会休息的人就不会工作"这句话，我不记得这句话有没有人说过，因为有时看了一句话或者想起了一句话就感觉是从自己心里蹦出来的，可谓所见略同，这就是神交。如果我用神交能提醒三国时代的诸葛亮保重身体的话，那历史可能就要改写了。

49　缘分

看了电影《幸运符》，发现有的时候真的是有命运的。当然那也可能是拍电影的人捏造的故事。也许不是可能，而是事实。有时候人们相信缘分，但有时候人们又觉得缘分是自己骗自己的东西。有时候一个人爱上了一幅画中的人。如果在聊斋志异里，那个人就能复活，走出画中，成为一段佳话。但在现实中，也许这个人对画中人说一百年的我爱你，这个画中人也不会走出画来。这就是现实与梦想的差别，这就是现实与电影的区别。

爱就如同画中人，如果爱上了一个不爱你的人，那么爱是无法得到回应的，得到的只有失落。但这种失落不是一种饥饿，而是一种对缘分这种相信的动摇。当不再相信缘分时，就只能在现实中用最佳匹配的理性思维去寻找一个合适时间的合适人。即使如此，有些人还是愿意做这种一辈子对着画中人说爱的人，我就是这种人。

50 我走左边

　　中国人一般是走右边的，这是基本的常识和交通规则。可是我一个人走时总走左边，因为我期待着与寻我的爱人在同一条线上相遇，而不会在两条平行线上错过。

　　世界上没有绝对两个相同的人，所以我想我和爱人也是有一定区别的。

　　要想一生一世不从两条平行线上错过，我会一直走左边，为了能够迎面拥抱她——我的最爱。

51 美丑

　　人活着不是为了给别人看，因为人不是花。我们活着是一种很复杂的行为，而在这种行为的过程中更重要的、起支撑作用的是一个人的品质和智慧。一个人的一生的意义与质量如何取决于一个人的世界观与人生观，而一个人对他人的态度与行为更是与相貌毫无瓜葛。

　　当然年轻人都要经历爱情走向婚姻，但是很多人在爱情中把相貌放在第一位，至于那个人的品质和以往的种种作为他们却毫不在乎。这难道不可悲吗？这也是现在许多爱情悲剧的根源。

52 人性

每个人都有自己的弱点，有些是自己承受不了的，于是就产生了自卑的情绪。

其实这个世界上没有完美的人，因为人本身就不完美。而且你如果用自己短短的一生去追求完美，恐怕你会死不瞑目。

所以做人一定要乐观，一定要开开心心地活。不要老要求自己怎么样怎么样，而是问问自己想怎么样。不为难自己就是对自己最好的完善。如果一个人把自己当成一个机器来培训，那人生还有趣味吗？

53　爱情

　　爱情与世界上任何一种感情的不同之处在于：彻底。如果不是彻底的爱，就不是真正的爱；如果不是真正的爱，那便是可有可无的爱。

　　失去一种爱与得到一种爱同样地可喜，因为真正的爱是不会失去的。如果真爱失去了，那心就死了，既然心都死了，也就无所谓失去了。既然不是真正的爱，那么失去它也是一件可喜的事情，毕竟追寻真爱才是人生最大的幸福。

54 情商智商

　　智商高的人会做事，情商高的人会做人。智商高的老师会讲课；情商高的老师能打动学生的心，往往能得到学生更好的评价，虽然情商高的老师讲课实际不如智商高的老师。智商高的选手实力更强，情商高的选手更能打动评委的心，往往能得到更高的打分。智商高情商也高的人所向无敌；智商高情商低的人往往怀才不遇，虽是千里马，却得不到伯乐的赏识；智商低情商高的人，虽然能力平平，却总能得到贵人相助而成为黑马；智商低情商也低，这种人几乎不可能成功。

55　握手

　　白天没有时间去超市买日用品，就晚上10点跑了一趟。路上坐着一个人，朝我说"Save me!"，我明白了，是乞丐，原来美国也有乞丐。我在超市买了一大袋薯片，经过他时，递给他。他伸出了手，要跟我握手，表示谢意。看来美国乞丐比中国乞丐更自信。安徽和山东的乞丐喜欢举起双手感谢；北京的乞丐只要钱不要饭，因为我有次特意买了个肉夹饼给向我要钱的乞丐，他竟然不要；深圳的乞丐喜欢伸起大拇指或者点头感谢。而美国的乞丐竟然用握手的方式对我表示感谢。我很坦然地跟他握了手。

　　我同乞丐、大学教授、政府官员、企业老总等握过手，但握的感觉相同。人生而平等，但遭遇不同。人心都同样高贵，但地位有高有低。每次我买点吃的或给点零钱给乞丐之后就忧然地离去，因为我自己也是一个穷光蛋，只能给他们点杯水之惠，不能给他们一条回家的路。

56 对别人好

作为一个父母就要对子女好，作为一个子女就要对父母好，这是天性，并不难。较难的是作为一个老师和医生就要把学生和病人当作子女和父母，那么哪有教不好的学生和治不好的病人？更难的是，作为一个官，就要对人民好，要把人民当作父母和子女。那么哪有不幸福的人民？为什么要对学生、病人、人民好？因为我们的父母、子女都是学生、病人、人民，对学生病人人民好，就是对我们的父母子女好。而父母子女是谁？就是我们自己，我们哪一个人不是父母、子女？所以对别人好就是对我们自己好。

57　多与少

中国人多,力量大,这是好事,但能静下心来读诗的人越来越少,这是坏事。

现在市场上小说容易卖,诗没人看,就跟口味一样,都喜欢吃辣的,清淡的食物不被看好,但总是吃辣的对身体不好,而清淡的食物才能养生。

58 左汤右套

食堂吃饭，发现打汤师傅，右手戴着塑料手套拿有很长柄的瓢，左手什么都没戴拿碗打汤，这样扣着碗口的手指就不可避免地插到汤里了。同事说打汤师傅的手指已经被汤洗干净了。

其实打汤师傅应该左手戴手套才有用，可打汤师傅把手套戴在右手。我以为只是打汤师傅偶然搞错了，却发现打汤师傅每天都是那样戴，有点像掩耳盗铃或刻舟求剑，我也造个成语：左汤右套。这个成语用于讽刺只形式、不务实的行为。

59　动机与方式

　　人人性格不同，表现的方式不同，与人交往不可只听其言、只观其色，而要看他的动机。唐朝有个谏臣，喜欢当面顶撞皇上，但因为他说的都是为了国家好，为了百姓好，所以皇上就忍着听，并采纳。春秋战国时有个馋臣，在皇上面前尽说好话，后来皇上老了，把皇上活活饿死。

　　反过来，动机好，如果方式不合适可能就会给自己找麻烦。比干是个大忠臣，但因为直谏，被挖心了。有的下属在公开大会上给领导提意见，被领导贬职了。人为利往，鸟为食亡，懂得这一点就应该明白如何保留好的动机，又能让好的动机发挥出好的作用。

60 做研究

做研究要有热情，肯钻研，重合作，能坚持。为什么要有热情？知之者不如好之者，好之者不如乐之者。热情不是自己强迫自己，更不是别人强迫自己，而是一种对研究的饥渴与爱。为什么要肯钻研？将一个木头打出一个洞很容易，在一个石头上打一个洞很难，而我们要做的研究都是在石头上打洞，甚至在金刚石上打洞，不钻研怎么可能有所突破？为什么要合作？因为时不我待，愚公移山满足不了时代的要求，只有合作才能快速高效地完成大任务。为什么要坚持？因为搞研究就和科学结婚了，是一辈子的事情，一时的火焰烧不了多久，必须持之以恒，与科学相濡以沫！

我们需要通过最新技术来发现科学规律、通过最新技术推广科学成果。最新技术是个新事物，需要和各行各业结合，不花大功夫去钻研是不可能做出有价值的东西的。只要我们不懈努力，一定可以做出一些实实在在的东西，为科学与社会的发展贡献我们的力量。

61　敬业

集体的进步的取得源于大家的共同努力。一叶知秋，每一件小事都能体现一个人是否敬业、是否尽力、是否把集体当成自己的家。敬业是非常可贵的，也是最基本的职业道德。没有敬业的精神，无法把工作做好，更无法带领集体。

什么是敬业？就是要有责任感。如果没有责任感，工作做好做坏无所谓，做出来的东西是好是坏无所谓，那么他肯定是做不好工作的；不但在这里做不好，到任何地方他都无法做好工作。什么是敬业？就是要有紧迫感。如果没有紧迫感，这周交代的任务拖到下周，不催就像没事一样，那么他肯定是做不好工作的；不但本职工作做不好，而且会影响总体的进度和发展。什么是敬业？就是服从大局。如果不服从大局，从自己的利益出发或从自己的小圈子出发，那么他肯定是做不好工作的；不但自己的工作做不好，还会影响其他人的工作。什么是敬业？就是服从领导。如果不服从领导，心情好就听，心情不好就不听，理解就听，不理解就不听，那么他肯定是做不好工作的；不但打乱了领导的布局，而且影响整体工作。什么是敬业？就是主动。如果做事情畏首畏尾，摆出一堆客观理由，提出一堆担忧，而不是去努力攻克难关，如果等着事情来找你，而不是主动地去搞定该搞定的事情，那么他肯定是做不好工作的；不但工作没有做成，还把时间浪费了、机会耽误了，给集体造成了不可挽回的损失。

62　态度

　　虽然每个人的能力不同、背景不同、基础不同、资历不同、出身不同、性格不同、家境不同、天资不同、秉性不同、爱好不同、特长不同、志向不同、工作不同、学识不同，但这些都不重要，最重要的是态度。态度就是发动机，态度就是方向盘，态度不端正必然会熄火，态度不端正必然会偏离方向。

　　搞科研，最重要的是态度，要勇于动手，要深入进去，乐在其中，其乐趣甚于玩游戏。不管是在学校还是在工作单位，都要投入进去，进入角色。就像结婚，结婚之后只有进入角色，爱家，做一个负责任的丈夫和妻子，才会感到家庭的温馨和幸福。只有进入角色，才能全身心地投入。只有全身心地投入，才能取得成绩。

　　如果我们全身心地投入科研、热爱科研、深入科研、勇于钻研，就能从中获得成长和快乐。如果我们在科研时能达到废寝忘食的境界，那么我们将成为祖国的科学巨匠。

63 至清

不论真假，万物有因，万情有缘。昨夜我以吸尘器遍屋吸之，尘絮良多，甚过蝇数。见蝇在窗，念其有血有肉有老有小，不忍杀之，便驱之，愿其自寻出路，助化自然中腐朽之物，尽其所长。吸毕，舍清，释然。

无尘絮，何来苍蝇？有苍蝇，必有更多尘絮，故舍至清则无蝇。然不可水至清，会无鱼也。

64　初衷

　　从上午到现在一直在帮别人做事，给省中医院做了 2 个方案，刚做完。但想一想，我们每一个人做的事情，哪一件事情是为自己做呢？有，吃饭、睡觉、穿衣、玩，除了这些都是在帮别人做或给别人做。

　　所以我们在忙的时候一定要清醒，忙不是我们的目的，也不是我们的初衷，而只是我们的过程，我们初衷应该是吃好、睡好、穿好、玩好，我们的初衷是美好生活。忙是通向这个美好生活的过程，我们不能在这个过程中迷失了本来的初衷，把过程当成了目标，那就会失去自我。所以，当饿的时候，一定要吃饭，放下手里的忙；当累的时候，一定要休息，放下手里的忙。忙是一条没有终点的路，我们始终在这个路上，而美好生活是路上的花草树木。千万不要忘记经常停下来闻闻路上的花朵，尝尝路上的树的果实，不要只顾着赶路而累坏了双腿。如果双腿累坏了，那你用什么来赶路？

65 舍己为人

为什么好人短命？好人总是无私奉献，总是为别人考虑，总是牺牲自己成全别人，自然比一般人更辛劳、付出更多，例如为了别人的幸福而不顾自己的幸福、为了别人的健康而不顾自己的健康，从而折损健康和寿命。

66 造福

　　为什么圣经里说"凡有的，还要加给他，叫他有余；凡没有的，连他所有的，也要夺去"？有余的人增加财富的速度比不足的人快，从而夺不足而给有余可以使得总体财富更快地增长，相当于把树苗从贫瘠的土地都移到富沃的土地，从而使得树苗能更快地长大，从而从总体上为社会积累更多财富，造福全民。至于贫富不均则可以通过社会福利机制来解决。

67 圣人之言

为什么圣人之言都非常简短？孔子的论语有多少字？老子的道德经有多少字？还不如有的人一篇文章那么长。

武林高手，一招制敌，而普通打手则需要千万招。同样，圣人只言片语就能撼动人心、切中要害，而普通人则需要长篇大论，且还不一定能抓住重点。

产生同样的价值，圣人只需要十多字，而普通人则需要十多万字，其差异无异于金与石的区别。"金"虽小，"石"虽大，你愿取谁？

68 德才兼备

我们作为教育战线的老师，只有继续付出更多的汗水，才能培养出更多为伟大复兴事业贡献力量的人才。大学生是广大青年中的佼佼者，所以我们作为大学老师责任重大。将大学生培养成为实现中华民族伟大复兴的生力军，是我们大学教育需要努力的方向。

我们培养出来的人才不但要本领高，还要爱国；如果不爱国，本领不用到正路上，不用到国家事业上，那也无法为国家民族做出贡献。所以我们培养出来的人才务必德才兼备，我们培养出来的人才首先必须是一个有爱心的人、一个善良的人，然后才是一个有学问的人、一个能干的人。怎么样才能培养出这样的人才？要想铁有磁性，首先磁石必须要有磁性，然后才能让铁具有磁性，我们老师就是那磁石，学生就是那铁。要想让学生成为又红又专的人，我们不但要把自己的专业知识传给学生，还要把自己的一颗红心传给学生。这种传不一定是言传，也可以是身教。我们老师事事都先为国家的复兴考虑、集体的荣誉考虑，然后才为个人的得失考虑，那么这种习惯就会潜移默化到学生身上，那么学生就会为国家的复兴而学习，就会为国家的复兴而工作。

69 教育复兴

我老家在农村，我们农村的孩子经常是父母砸锅卖铁打工甚至卖血，省吃节用给孩子读书，为了什么？为了读书兴则家兴，读书强则家强。读书是农村孩子最好的出路。我小时候在家种田，面朝黄土背朝天，插秧的时候田里还有很多粪渣子，那种苦只有农民知道。所以我努力读书，成了一名教师，仍然不忘当年的辛劳。

同样，我们的国家也是苦难的国家，牺牲了多少人，才换来了今天的独立、和平、昌盛。落后就要挨打。我们怎样才能不落后？那就要靠教育，因为知识就是力量。"知识是铁，知识是钢"这句话是真实不虚的，如果没有知识，飞机上不了天，潜水艇下不了海。未来的战争将是知识的战争，因为谁的武器最高端，谁就能所向无敌。

未来的经济也将是知识的经济，因为谁的产品里知识含量高，谁的利润率就越高。未来的复兴也必将首先是传播知识的教育的复兴，因为教育复兴，就会人才复兴，人才复兴，国家必兴、民族必兴！

70　刻苦读书

努力读书是中华民族的优良传统，自古有悬梁刺股、凿壁借光的佳话，现在也没有过时，这种常识不能丢。我记得我小时候，每天早上 5 点就被父母叫起来读书，因为我母亲每天早上 5 点起来给我做饭，我 6 点多天蒙蒙亮就要走两个小时左右的山路去上学。但到了大学的时候，发现很多同学不再好好学习。

考上大学的都是各地尖子生，但到了大学有的甚至毕不了业甚至中途退学。我一个宿舍的一个同学就是这样，下棋很厉害，我下不过他，但他就是不学习，我想帮他、辅导他，但他就是听不进去。难道一个学生高中的时候很优秀，到了大学就突然变笨了，绝对不会，关键原因就是失去了学生就应刻苦读书的常识。

有的学生到了大学之后刻苦学习的思想防线就破了，认为考上了大学就等于拿到了铁饭碗，认为考上了大学之后重点不再是学习知识了，而是怎么顺利过渡到社会；于是整天参加各种社交活动，做各种仅为赚钱而与专业无关的兼职，不再用心学习，剩下的时间就玩玩游戏、看看手机，上课带着耳朵没带心，甚至逃课。当然我说的这种情况比较极端，大多数同学还是积极认真地学习，但我认为刻苦程度还不够。

俗话说"贫寒之家出贵子""乱世出英雄"，因为贫寒之家的孩子知道读书的机会来之不易，所以更刻苦；因为乱世的人才一心想救国家于水火之中，所以更加努力奋斗而成为英雄。可是现在随着国家的富裕，人们也富了，学生的家里大多都有钱了，不愁吃、不愁穿，学生已经没有了贫寒的感受，也没有太大的生活压力，所以为家刻苦读书的动力就不足了。另一方面，由于国家强大了，感觉中国是第一大国，会永远太平，不用担心国家前途了，所以为国读书的刻苦劲也没了。但现在是该回归到刻苦读书的时候了，为了家的期望，为了国的重托。

71 为国读书

　　每个父母不但期望孩子能够自食其力，也期望孩子能够有出息，也就是报效国家。考上大学才是第一步，探索知识的大门从大学才真正全面敞开，这个关键的时候，如果不努力学习，如何能有出息？顶多只能成为一个自食其力的谋生者。而国家的强盛、民族的复兴更是要求大学生要练好高超的本领。

　　我们的国家和民族复兴之进程现在正处于珠穆朗玛峰的山腰，越往上就越陡峭，我们的复兴之路就是越来越陡峭的登峰之路，没有高超的本领如何能担当大任？当然只靠学生的盲目刻苦攀登还不够，还需要熟悉路的人带路，这样学生才能少走弯路，才能早日攀上科技的顶峰，成为民族复兴的难得人才。我们老师只有做好带路人的本分工作，才能让我们的学生在知识的海洋里不迷失方向，才能让我们的学生在民族复兴的道路上目标明确、一往无前。中国的古话说老师是再生父母，学生的学识、精神被塑造成什么样，很大程度上取决的不是亲生父母，而是老师；所以我们的责任大于父母，所以我们老师要把孩子当成自己的亲生儿女一样教、一样育。教，教的是民族复兴所需的知识；育，育的是为民族复兴而奋斗的人。这两者需要也必须紧密结合起来，回归初心就是要清楚地明白学习知识是为了什么？是为了民族复兴。当年毛泽东、周恩来，老一辈革命家读书的目的都是为了救中国，如今中国解放了，在新时代我们读书的目的是为了复兴中华民族。千里之行，始于足下，但不管走到了哪里，目标不能丢；否则就会茫然，就会迷失，就会失去动力，就会停滞不前。

有人可能会想，我学知识就是为了纯粹地探索真理，为什么非要加一个政治目的呢？首先，我们要知道人类文明的由来。人类的文明是人类在与自然斗争的过程中为了自身生存而产生的，到后来又是为了能在人类自己组成的社会上更好地生活而发展的。而知识就是文明的载体。可见，知识并不是没有目的的产物，而是为了人类更安全生存和幸福生活的产物，那么具体到一个国家、一个民族就是解放和复兴。我们的国家和民族已经解决了独立自主的解放问题，接下来就是更为艰巨的复兴任务，这是作为炎黄子孙所义不容辞的任务。

当然，责任是从后面推的动力，而梦想是从前方吸引的动力，所以我们也要回归梦想。你在后面推甚至打牛，牛不一定会按照你指定的路走，甚至连动都不动，还踢你一脚。但如果你在前面放一堆鲜美的草，牛就会开心地奔过去。责任与梦想并重，一推一拉，我们学生就能更快地成才，才能自觉地成才，甚至能成为我们意想不到之才，成为复兴民族的奇才、帅才。我们在教育自己家里的孩子时必定体会深刻，即要根据孩子的兴趣激发孩子的梦想。这样孩子不仅乐意让你带着她飞，她甚至有可能带着你飞，主动地学习，主动地跟你"飞享"他在学习过程中的喜悦与收获。所以我们老师要引导学生成为一个有梦想的人，成为一只能够展开翅膀探索未知、不怕艰难，向着民族的复兴一往无前的飞鹰。

一个有梦想的人，一个目标明确坚定的人，不管她的道路有多曲折，最终她必然能够到达目标，一定能够实现梦想。我们师生的小梦想汇聚到一起就汇聚成了民族复兴的大梦想。民族的大梦想与我们个人的小梦想不但不矛盾，而且相互统一。只有我们个人搭上了民族大梦想的航船，我们才能事半功倍，因为这个大航船上有无数中华儿女共同的力量，这种力量是我们任何个人单打独斗都是不可能拥有的。借助这种集体的力量，我们个人就能更快取得更大的成就，也就能更快实现个人的梦想。而民族大梦想的航船又依赖于每个人为小梦想而奋斗的动力，需要每个人都动手划船，而且要方向一致，只有这样载着我们民族复兴大梦想的航船才能又快又安全地到达目的地。

72　不多心

　　有的时候别人说您一句，或做了一件事情本来不是针对我们的事，但如果我们多想了，就会变成针对我们的恶毒之语或行为。这种情况下不是别人气我们，而是我们自己气我们自己，因为别人可能根本没有想要气我们，而是我们自己想多了，把别人没有想的事情凭空想象出来了。这种自己气自己的行为是很愚蠢的，所以要尽量少去揣摩别人的心。因为每个人的心都是不同的，如果我们用自己的心去揣摩别人的心，往往会揣摩出不准确的或者错误的本不属于别人的想法，那就纯粹是自己跟自己过不去了。

　　别人说一句话，就按照别人话的本身的意思去理解就行了，而不要去理解其言外之意；因为我们理解的言外之意，也许根本上就不是别人的意思，只是我们想多了。

73 玩

　　我们要尽量满足宝宝玩的愿望，同时我们又要引导宝宝多学一些有用的东西。很多家长把游戏和手机当成老虎，孩子一玩就惩罚孩子，给孩子反而造成了伤害。我们不能让孩子只玩游戏和手机，但也不能让孩子不玩游戏和手机；适当地玩是没有关系的，游戏和手机不是老虎，只要不上瘾就没有关系。

　　玩手机姿势得当、距离得当、环境得当就不会伤害眼睛。如果不讲究方式，吃饭都会噎着。玩手机就是学习，玩游戏也是学习。现在大学生上课有时候也需要用手机，大学现在有一门专业就叫电玩，就是玩游戏。

74 奋斗

　　我们辛辛苦苦地为梦想而奋斗，辛苦地学习和工作，都是为了谁呢？难道只是为我们自己吗？是为了让婆娑世界（即人间）能穿上像月光那样无瑕的衣裳，让人类的生活和环境更加美好。

75　同一个人

　　虽然一生二，二生三，三生万物，但天底下所有的人实际上都是同一个人，因为全部是由父母和子女关系构成，都是生与被生的关系，而最初的老祖宗是唯一的，所以我们其实都是手与足的关系，本质上你就是我，我就是你。每个父母为子女都是全力全意，付出全部。每个父母为子女做事时，都会超常发挥而成为千里马。每个父母为子女做事，都是不求任何回报的，都是完全心甘情愿的，都是极尽所能的，父母可以为了子女付出一起，以"呕心沥血"形容毫不为过。为什么父母对子女心甘情愿地付出而不求回报？因为子女是父母生出来的，就是父母的一部分，就是父母的另一个自己，自己对自己还求什么回报呢？当然，子女对父母的心也是天然的真爱，子女就是承载父母快乐的船。

　　其实，天下所有人与"我"都是同一个人，追根溯源都是父母与子女的关系，只不过我们只是大树的一枝或一叶，只见枝叶、不见根源，从而有了"别人"

"我"之分。"别人"与"我"本质上是没有分别的，都是一个"大我"。因此，不但要爱父母、爱子女，还要爱天下所有人，甚至要爱天下所有苍生，乃至一草、一木、一砖、一瓦，因为普天之下皆是至亲。

76　名利

　　草今年枯了，明年还能荣。但在人生中"名"会"人走茶凉"，"利"也终会破产殆尽。亲人之间的爱如同四指连心，永远心心相印。每一个人、每一棵树、每一只鸟都是远古的亲人。人生如梦，我们应善待所有苍生，用自己的手去暖自己的脚。

　　现实中，我们为了让家人满意，为了家人更有面子、生活更好，偶尔追名逐利，但应取之有道、用之有度；实际上，我们内心应该努力做到不为名利，因为名利与浮云无异，一切的意义在于为亲人们多做些实事。

77　强者

　　千古名将韩信整天在街上瞎逛、好吃懒做，有个卖猪肉的屠夫看不惯，让韩信从胯下钻过去来羞辱韩信，结果韩信不屑与屠夫计较，从屠夫胯下钻过去了。谁是强者？大街上的人都觉得屠夫强，韩信弱。但实际上自古至今无人能强过韩信，因为韩信战无不胜、攻无不克、所向披靡，与毛泽东、姜子牙一样强大。韩信常年佩剑、武艺高强，想打败屠夫不在话下，那为什么韩信还从屠夫脚下爬过？因为弱者在强者眼里如同小孩。

　　大人经常趴在地上被孩子当马骑，谁是强者？三尺巷的宰相把家里地盘让三尺给邻居，谁是强者？只有强者才能"宰相肚里能撑船"，没有大肚量就无法成为强者，因为有容乃大。如果肚量小，那如何能大？又如何能强？斤斤计较、寸步不让、得理不饶人、争执不休的，貌似强者，实为真弱者；虚怀若谷、有理不争、大度让人的，貌似弱者，才是真强人。

78 老了（一）

英雄、霸王、健将都无一例外地会羸弱得如同一片落叶，而不管这片叶曾在树上如何迎风招展。老了，从他身上，你不可能也无法看出它曾有的将有的健壮、辉煌、威武、气盖华夏。

老了，抹去了一切繁华、棱角，温和得如同婴儿，任何人都能去摸一下它的头，他依然笑呵呵，虽然它曾是一只虎中之虎。老了，与一切名利渐行渐远，人们以退休、继承的名义合情又无情地瓜分他的所有，直至留下一具最终被烧成灰的身躯。这一切有情的、无情的，老了，都淡了，如同老眼看世界变得模糊，最终闭上眼，看不见一切，一切也就空了。

79 忍

　　人为什么会生气？实际与想法不符就会生气。想法是你自己的，实际是你以外的，你很难甚至无法改变实际，你也不想违心地改变自己的想法，在这水火不相容的自我与外我的矛盾中，自我与外我都在生气中煎熬。每个人生气如同打嗝放屁都是忍不住的。有时在大庭广众放了一个响屁，很不好意思，但没人怪你，知道你忍不住。但如果你在大庭广众大吵大闹，就会有人瞧不起你。为什么？因为生气是能忍住的。一个卖猪肉的让一个千古名将韩信从胯下钻过去，韩信很生气，但忍住了，钻过去了。如果是你，你是不是忍不住？是不是要和买猪肉的吵嘴？一般人都会忍不住，这也就决定了一般人成不了千古名将。

　　你走在路上，路上怎么可能没个坑坑洼洼？怎么可能没个砖头石块？如果你每摔次跤就生一次气，就要去回踢那坑那石头一脚，这是不是会影响你的心情进而影响你的身体？这是不是要浪费你很多时间？没有好的心情、好的身体、足够的时间，是不是极大地耽误了你赶路？赶路才是我们人生的大目标，千万不要在人生路上因小失大，而应放小抓大。想想你的大目标，你还会为小事计较吗？想想你以后要做千古名将，还值得和一个卖猪肉的计较吗？如果你和卖猪肉的计较，那你将来也只能成就和买猪肉差不多的成就。为什么这么说呢？如果你是一个30岁以上的大人，你会和一个三岁以下的小孩计较吗？肯定不会。反之，如果这个大人与小孩计较，说明这个大人痴长几十岁。如果别人是卖猪肉的、你是千古名将，别人不如你，那你还值得和别人计较吗？如果你是卖猪肉的、别人是千古名将，你不如别人，那你还好意思和别人计较吗？

80 真的富有

失尽假大空，方得一点真。功名利禄、荣华富贵都是临时的，都会在人生中或早或迟地失去。

地球就是我们的豪宅，宇宙就是我们的家园，我们的三尺之躯，何愁无处安身？在我们的童年、青年、中年、老年，我们深深陷入对人、对家、对国、对生活、对工作、对功名利禄、对荣华富贵的爱，因为有爱，也就有了烦恼和执着，也就有了痴迷与偏见，进而导致人们把临时的东西当成永恒的，把永恒的东西当成临时的，把不重要的东西当成重要的，把重要的东西当成不重要的，把假象当成真理，把真理当成假象。如果这样，即使腰缠万贯，也不一定真的富有；即使权倾朝野，也不一定真的高贵。真的富有是内心的富有，真的高贵是灵魂的高贵，又有谁能真的得到？也许能得到的，正是普通的你我。

81 树人

　　智者千虑必有一失，我们每天生活和工作中都会因为自己的失误无意中伤害到身边事物和人。由于失误、误会、误解、误判，我们在无意中伤害别人的同时，也会受到别人无意的伤害。

　　树与任何人无冤无仇，却经常有人在树上涂鸦刻字，但树却依然为所有人遮日挡雨。我们人也应如此，"人不犯我，我不犯人"，人若犯我我为树人，做一个像树一样的人，以恩报怨。当然这只适用于对善人、好人、正人，对恶人、坏人、小人宽容就是纵容。

82　光明

　　太阳出来了，人们欢呼着，手机拍着照。久违的太阳，我们太久没有沐浴在阳光之下，衣服潮了，手脚冰冷。太阳出来了，我们才发现我们是多么需要太阳，需要阳光。虽然只离去一周，却似乎太久。你的这次离去，让我明白，我离不开你，万物离不开你。没有你，地球将会变得冰冷孤寂；没有你，就没有一切文明和科技。你就是神灵，你就是佛光，你就是上帝的爱，你就是老子的无为、孔子的慈悲。

　　当然，在科学的眼里，你只是一团燃烧的气。但我知道，你有灵魂，你带着对世人的爱而生，但也终会老去。以前，我每天沐浴在阳光里，却偏好着月亮，因为我反感你侵吞了所有黑暗中的梦。现在，我才明白，没有光明就没有梦。

83 老了（二）

我老了，兄弟姐妹、亲戚朋友一个接一个地走了，而且不再回来。有的甚至没有能够送别，因为我老得走不动了。我老了，退休了，免费给人看门都没人要了。没了工作，连个唠嗑的人都没了。我老了，在家里不敢说，因为有代沟，我一说，都嫌我啰唆，我说多了，他们都走了，我就一个人孤零零地在家里守着。我老了，如果能碰到一个能听我说话的人，就如同抓到了一个救命稻草，我泄尽浑身法术地跟他说，尽我所知地跟他说，毫无保留地跟他说，包括那些我未老时视为珍宝而从不跟人说的。但我太老了，我有些说不清，因为牙齿掉了，不关风了；因为舌头僵了，难拐弯了；因为记性差了，说一半忘一半。但听的人并不在意，因为听的人也老了，未老的人都上班去了，未老的人都无法忍受我的陈词滥调。

老了的人听老了的人，因为他并不在意听我说，他只在意他也在跟我说。我们都以为对方听清了，我们都不在意是否听清了对方，我们都尽情地说着平时没有机会说出的话，话里充满了我们未老时的繁华，虽然这些繁华现在已经是落去的花。

114

84　变老

　　以前我看别人都是老的，现在我看别人都是小的。我老了，别人在我的眼里都小了，如同我高了，别人在我的眼里都短了。以前我总记不住剪胡子，现在我天天刮得寸草不留。

　　我老了，胡子一根一根地白了，我不想让人看见我的生命逐渐苍白。从第一根白胡子起，我就天天让胡子在肉里钻不出头，直到现在全部白了。胡子的白藏住了，头发又一根接一根地白了，总不能天天刮头。最终我放弃了，不管别人看得见或看不见，我都老了。我的速度慢了，我的眼花了，我的脸皱了，我的心软了，我没有欲望了……我对死也不害怕了。

85 饭局

我知道，每一个面容枯槁的太婆，都是一个天香国色的少女；每一个步伐蹒跚的老翁，都是一个血气方干的少年。以前，在我的潜意识里，老人生下来就是老人，少年生下来就是少年。

今天，我突然惊醒，其实老人就是少年，少年就是老人。我们在时光的餐厅里聚餐一顿后，又各自离去，我们每一个人既不知来自何方，又不知去向何处。上餐桌时是少年；离餐桌时是老人。这一顿沧桑的饭，既快乐又悲凉。不断有人加入，又不断有人离开，这没完没了的饭局，也许有一天会戛然而止，但我们都不知道是哪一天，只知道可能是世界末日。我们从不为世界末日而悲伤，正如我们从不为终将离开饭局而悲伤。何况，在饭局停止前，我们早已不在饭桌上。

86 离去

我知道，一切都在离我而去，正如我在离一切而去。以前当奶奶离我而去时，我以为是偶然。现在发现，不只是一，而是一切。痛苦啊，孩子，你将看着时光把亲人把恋人一个一个地从你身边切割开，拉走，拖到天堂，拖到别人的身边。幸福啊，老人，你思念的煎熬即将结束，你将追随一切而去。在你身后，只剩下落叶和泥土，还有无数踩在落叶上，想追随你而来的子子孙孙、世世代代的恋人。

我知道，花开只是瞬间，落去才是永恒。很多不愿承受得而复失的人，都进了寺庙和山洞。放弃盛开的春天，也就无须在冬天凋谢。但大多数的我们生下来就没有了选择的权利，因为有无数双期待的眼睛在等待着我们的开放，因为有无数的爱在等待着我们的芳香。虽然我们都将无一例外地凋谢，人人都知道，但人人似乎都在我们凋谢的那最后一刻才知道，这是谁下的迷魂药。

87 闲人

　　我是天下最大的闲人，泡一杯茶，看着太阳沉沦。我每天看百鸟飞翔；我每天唱千兽围观；我每天画万花齐放；我每天写，亿木扬帆。我躺在你的星球，梦到你走在我的宇宙。我向你说话，你匆忙得没空回答。我牵你的手，你手中有红尘放不下。于是我自言自语，左手磨墨，右手画画。我的画改写着我的世界，我的世界改写着我的画。我从我的画中走进爱因斯坦的船，看着咆哮而过的时光，越过所有试图阻拦的三峡大坝，一路繁华，一路凄凉。

　　我笑了，你哭了，我在笑微尘中的世界，你在哭世界中的微尘。微尘中的世界装点着我的画，世界中的微尘让你呼吸困难。你喘吸着 PM2.5，奔跑着，想停下。你永不停息地搬运着星球的元素。我任凭星球元素永不停息地搬运，任凭水分子拍打着我的船，尘分子吹着船的帆，这都是我的诗，这都是我的画。

88　幸福

只要没有战争的烽火，只要不挨饿，就是幸福的生活。幸福不在衣柜，不在床榻，也不在餐桌。幸福在路上，你无法把它收藏，也无法将它保留。幸福在路上，但美景往往在崎岖的路上。在崎岖的路上，人会因为路的崎岖而无视路上的美景，梦想平坦的路。在平坦的路上，人会因为路上缺乏奇观，而无视路的平坦、羡慕崎岖的路。只要在路上，就是幸福，不管是崎岖的路，还是平坦的路。

享受当下，而不是梦想将来、怀念过去。幸福就在这里、这时，幸福就在这条路上、这个年龄。幸福就在每一次心跳，每一个呼吸。幸福就在每一次风雨中，每一个日月轮回里。幸福就在亲人的爱，师友的关怀，生活的磨难里。幸福就在笑、哭、平静的睡梦里。幸福在那含苞欲放的花，在那丰硕的果子，在那枯枝，在那叶落归根的泥土。

89　一场雨

　　有的人在一条路上走了几十年；有的人在一条路上只走了一遍；有的人昨天还在这里，今天就不见了。昨天鲜活的，今天腐烂了。昨天的笑声，今天听不到了。昨天站在地上的，今天躺在地下了。昨天流行的，今天无人知晓了。

　　昨天下了一场雨，今天路已干了，今天才来的人不知道雨是什么。雨就是我们，你我都只是一场雨，干了就没了。

90　每一个早晨

　　每一个早晨，又不知少了多少人，无数生命在昨夜如同花飘落，我再也见不到他，有的见过，更多的没见过。每一个早晨，又不知要遇到多少人，又不知要失去多少人，遇到的缘动了，失去的缘尽了，如同生死，无法知，无法期。缘来了喜，缘尽了泪，没有无泪的喜，却有无喜的泪。有些人，有些事，没有开始就结束了；所有人，所有事，开始了都必结束。

　　每一个早晨，婴儿又是一个样，在快速升起；每一个早晨，老人也又是一个样，在快速落下。如同跷跷板，沉重的老人把轻灵的婴儿翘起，老人自己落到地上，没能再起来，与地融为一体。而那被翘起的婴儿，最终也会落下，这就是生命的跷跷板。当婴儿落下时，婴儿已成了老人，都是老人，只不过出现在不同的早晨。

91　真假

　　一方面是"真的假不了，假的真不了"，一方面是"以假乱真真亦假，以真乱假假亦真"。那到底真是不是真？什么是真？半米的小孩看见一米的树，说这树真高；两米的大人看见这一米的树，说这树真矮。谁说的是真的？如果这树高的话，那矮是假的；如果这树矮的话，那高是假的。于是大人和小孩就吵得不可开交，吵了一百年，能吵出结果吗？能，但要吵二十年才能吵出结果。为什么吵这么长时间才能出结果？因为二十年后，小孩长大了，也两米高了，看那一米的树，也觉得这树矮，于是这两人都认同这树矮是真的，不再争吵了。所以这结果是吵出来的吗？不是，是要靠当事人观念的主动转变，而当事人的观念又是由当事人本身的经历、文化、成长所确定的，这些都只能顺其自然，不是人力或神力所能左右的。但这树真的矮吗？当然不是。什么算高？什么算矮？所以说这树矮，既是真的，又是假的；既不是真的，又不是假的。

　　这世界上哪有真假之分？所谓真假都是异人、异时、异地的偏见。既然连真假之分都没有了，那去争执谁真谁假、谁对谁错，又有什么意义？毫无意义。所以如果有人冤枉你，你还生气吗？不必生气，因为无真无假，又何来冤枉，只不过在别人的眼里是真的，在你的眼里是假的。

92 智者

　　大臣和珅劳碌一辈子攒了万贯家财，而大臣纪晓岚天天喝酒吃肉一直家徒四壁，谁的日子过得爽？当然是纪晓岚。谁的财富久长？和珅老时名毁财亡，连累子孙多世苦贫；纪晓岚至今受人称赞，福泽子孙饱暖为官。谁是智者？智者不求财，因为财是别人的，你赚了钱，用的时候还是要送给别人（如超市、房东），如果你赚了钱放在口袋里不用，那就是一堆废纸。想留给子孙？不论是和珅的子孙还是纪晓岚的子孙，谁还在用和珅纪晓岚的钱？没有。一个人衣食住行所花的钱很少，很轻松就能赚到。只要不贪心、不攀比，就能悠闲自在、健健康康地丰衣足食。反之，贪财就麻烦了，和那些沉迷于游戏、赌博的瘾君子一样，为了赚那些根本用不掉的废纸而披星戴月、茶饭不思、辛苦劳碌、做牛做马。这种贪财的人"有命赚钱无命花"，用的钱反而更少，因为想赚更多的钱，必然要投入更多时间、遇到更多烦恼，空闲时间少了，哪有足够的时间花钱？烦恼多了，吃啥啥不香，钱往哪里花？所以不要羡慕那些大富大贵，其实那些人比普通老百姓用的钱更少。那些大富大贵有那么多的钱有啥用？啥用都没有。赚钱如同"玩游戏、赌博"，上瘾后就容易想作弊，因为老老实实"玩、赌"的话赚钱太慢，怎么办？就作弊，必然违法而名财尽失。

因此，贪财无一利却有大害。有的人本来不贪财，但爱攀比。听说别人几套房、别人的孩子几套房，那我也要几套房，这就是攀比，这必然导致贪财。贪财的结果要么是拼命赚钱，为了多赚一些废纸；要么是拼命省钱，为了多省一些废纸。那些已退休的人没有了工作赚钱的机会，就会省吃节用，该吃的不吃，该用的不用，省下一堆废纸，只为了多几套房。房子你能住几套？人身就是最宝贵的房子，把这个房子保养好，把时间、精力用到这个房子上，才是真智者。

93 人定胜天

　　这个世界上没有办不到的事情，也没有解决不了的困难。我从小到大，想做的事情都做到了，即使暂时还没有做到的，我相信在将来一定能够做到。当然有些事情可能超出了我生命的长度，但那不等于我做不到，只能说生命的长度太有限，没有办法去实现所有的梦想。有的时候，人会遇到一种坎，这种坎看起来没有任何解决的完美方案，就是处于鱼和熊掌不可兼得的境地。这种时候，人是最痛苦的，人生最大的痛苦就莫过于选择了。因为当人们没得选择的时候，反而听天由命，活得很开心。当有选择的时候，在鱼和熊掌之间患得患失的时候，就会变得很痛苦。如何才能克服这种痛苦？那就要有高超的智慧，来化解这种无法调和的矛盾。现实的生活，虽然不像战场的风涌云起，但事事又何尝不是一场战局。

　　人生的成功正是由一场又一场胜利的战局组成的。毛泽东之所以能够战胜日本、战胜联合国军，那不是靠运气，也不是靠上天保佑。毛泽东的确是千古奇人，对毛主席来说，这世界上没有办到的事情，没有克服不了的困难。小米加步枪，也

126

可以打败美国的飞机大炮。没有枪没有炮，敌人给我们造。这是何等的智慧？这种智慧不是从书本上可以学到的，也不是平常人具备的。虽说历史是由人民书写的，但这种奇才也是推动历史不可缺少的。中国文明的伟大，不但在于人民的伟大，还在于中国是一个出圣人的地方。毛泽东有个绰号叫毛圣人，我看当之无愧，的确是个圣人。

94　天定胜人

记得在上初中的时候，有个算命先生来我家，想给我算个命。我说："不算，人定胜天。"现在想想真是幼稚。人怎么可能胜天。人在社会中，就如同大海中的一条船，来了一个大浪就能把船给颠覆。即使是泰克尼克号，也未能幸免！又有谁能胜得过天？当然讲天，那只是一个代名词。正是老子所说"名可名，非常名"，我这里讲的天，也是讲一种我自己也讲不清楚的东西，绝对不是什么迷信，只能将之叫作天。我也相信没有什么解决不了的问题、没有什么克服不了的困难，那和这是不矛盾的。因为问题和困难是天给的，而解决和克服之剑则把握在我自己的手中。但有时这把剑也许需要一辈子的时间，甚至超过一辈子的时间才能解决某个问题。例如愚公移山，如果不是靠子孙，在常人看来这个人就是失败了，败在天的手里。所以说人定不能胜天也对，说人定能胜天也对。就看怎么衡量。

邓小平说我们解决不了的问题留给子孙去解决，这也是一种智慧。有时候要想胜天，不是靠一个人短暂的生命可以实现得了的，而是要靠全体人们、甚至全体苍生的生生世世才能解决。如果从这个角度来看就定能胜天了。而从个人的角度来看，那大部分都胜不了天。胜得了天的，那只不过是因为上天的眷顾，没有给你出难题罢了！所以小时候的我是多么无知呀！无知者无畏，所以我才说出了人定胜天这种大话。而到了现在，我的知识越来越多的时候，我反而觉得离天的距离越来越远！为什么呢？因为我离地的距离越来越近，等到我钻到土里的时候，天终究是最终的赢家。天永远是天。

95　中庸之道

累过头，就会觉得疲惫。疲惫了，就无法继续忙下去了。必须歇息一下，放松一下。太忙了就希望闲下来；太闲了就希望忙起来。人就是这样奇怪的动物。这奇怪吗？其实一点不奇怪。世界上万事万物都是这样的，都是相对的。正如几米，如果不是他儿时的孤独和几次大病，如何能造就他进入漫画的世界去寻找同伴？去寻找精神的归宿？可见，人有时能在逆境中产生对顺境的追求，而这种追求就是一种无穷的动力。人有时能在苦中尝到甜，从而知道去珍惜。这样看来，毛主席让知识分子下乡，也是有一定道理的。虽然下乡劳动的确占用了知识分子很多学习和研究知识的时间；但这些苦，也让知识分子更感受到了时间的可贵，感受到了知识的力量。知识有什么力量呢？老百姓总是想自己的子女考大学干什么呢？不就是为了让子女不再面朝黄土背朝天地务农吗？可见读书可以过上坐办公室的日子。这种日子在土地里尝过苦头的老百姓来说感受是很深刻的。而知识分子却不一定知道。所以下放劳动，让这些知识分子也尝尝苦头，是不是就能更加努力地工作了？事实上也是如此，就在那个时期，我国的科研人员也做出了很多科研成果。

　　而现在我们不再需要下放劳动，我们整天在办公室里不再受下放劳动之苦，我们又做出了哪些大的成就呢？不受苦，就不能感受到甜。没有坏人，就没有好人。没有小人，就没有君子。没有天，就没有地。一些都是这样的，所以对一切都不应持有偏见。而应如孔子所述的那样，走中庸之道，才是长久之道。否则，必然难以为继。极端是无法持久的。如同只有天而没有地，那么天也就和地没有区别了，也就不存在天了；如同只有甜而没有苦，那么甜也就和苦没有区别了，也就不存在了。所以正是小人成就了君子，正是坏人成就了好人。如果一个人能够借助外界的不足成就自身的完美，那么这个人就能够成为王！如果一个人能够在自身中调和两种极端，驾驭这水与火，那么这个人就能成为圣！可见圣人必然是遵从中庸之道的人。一个脱离了中庸之道的人可能成为王，但绝对成为不了圣。因为圣可以脱离时代而存在，脱离外界而存在，而王则无法脱离时代和外界。你想成为王？还是成为圣？我觉得成为圣更好，因为圣人过的日子更自在。圣人可以像老子一样骑着一头青驴逍遥自在。

96　生命本身

生命之外没有重要的事。跟你相关的有人的生命，家的生命，国的生命。人生应把重点放在生命本身，而不是生命之外的一切。生命之外的东西只是锦上添花，只是皮外之毛。皮之不存毛将焉附？有些名将不顾身体，过渡操劳而英年早逝，于国又有何益？埃及文明，罗马文明，在外敌入侵时毁于一旦。可见为一时荣华一时得失而不顾生命之作为，貌似英勇，实为愚勇。

毛泽东主席的英明之处在于不在乎一城一池的得失，而是消灭敌人的有生力量，从而完全地、彻底地战胜了只知夺城略地的各派敌人。作为一人，要在健全中求发展；作为一国，要在安稳中求发展。不顾生命、不顾安全、不顾健康的冒险之举最为愚蠢。

人们总是操心这操心那，永无完日：没退休前操心工作，退休后操心儿女，操心完儿女操心孙子孙女。没完没了，所以有人感叹人生是苦海。

这些都是生命的过程，我们在关注生命的过程时，却往往忽略了生命本身。有人做牛做马吃苦耐劳赚钱却不肯吃一顿好的，为的是省钱买房买车，为的是让别人看得起。这就是为了生命之外的东西而委屈生命，是可悲的。

97　述而不作

为什么圣人述而不作？圣人都是见到具体的人在具体的地方遇到具体的事情才就事说事，这样才有针对性。如果写下来，到了另一个时候另一个地方另一个人去读，去套的话，可能会导致错误的应用，会导致断章取义，不但帮不了人，还可能会误导人。这相当于医生给病人看病，如果把药方记下了，每个病人都按照那个药方开药吃，不但治不了病，还可能会把病吃的更严重，甚至有性命之忧。圣人就是担心自己的文字被误解和曲解而误人心命，从而述而不作。

可见，我们读书一定不能死读书，一定要把书读活，了解圣人的本意、真实义。但这往往是极难的，一百人读书会读出一百种意思，且大部分都是盲人摸象，真正的"象"是在圣人的心中，是无法用文字来表述的，圣人的弟子所记录下来的文字也只是某一个角度的"盲人摸象"。

98 不要生气

生气的时候，人就会发火，那人的身心就"着火"了，"着火"必然会烧伤身心，如果身体健壮还好，如果身体本来就有旧病，那么一生气就会导致旧病复发；或者如果身体本来就有小病，那么一生气，身体就会生大病。即使本来身体健壮，如果经常生病，依旧会导致身体逐渐被烧枯萎。这种衰老不仅仅表现在面相上，更表现在身体的各个器官的老化上。

生气的时候，人体的各项机能都会下降。首先是智力下降，人生气的时候是极其容易做出糊涂事。其次，身体的灵敏度会下降，运动员在生气的时候比赛一般都无法正常发挥。再次，免疫能力下降，人在生气的时候是最容易染病的，外界的病毒细菌往往都是在这个时候乘虚而入。古话说"和气生财，怨气生灾"，生气导致人体身心处于衰败的状态，从而无法清醒地做人处事。

99　不苟求完美

人不怕不完美，就怕苟求完美。万事万物都是不完美的，这一切都是自然的，所以也都是应该可以接受的。如果苟求完美，那就麻烦了，因为没有绝对完美的东西，即使有的东西您暂时觉得完美，但随着时间的推移，随着您对这东西了解的加深，您也会觉得这东西不完美。比如，很多情侣在结婚之前觉得对方完美，但结婚之后了解多了，就觉得对方不完美。每个人最了解的就是自己，所以每个人都深知自己的不完美。如果苟求自己相貌完美，那就要去做整容，但整容如果不成功，那会生不如死。

正是因为根本上就没有完美的东西，所以我们没必要去苟求完美。不要苟求自己完美，当然也就不要苟求别人完美，因为既然自己都完美不了，又为什么要苟求别人完美？再说，即使有完美的存在也是没有意义的，因为万事万物都是有花开花落的一个周期，即使花开时完美，但总有花落的时候，那时就谈不上完美了。可见，即使有完美的存在，那也是暂时的，而不是永恒的；既然不是永恒的，那也就谈不上完美了。总而言之，完美一方面是绝对不存在的，另一方面也是没有意义的。

既然完美是不存在的，而且是没有意义的，那么我们就更没有必要苛求完美了，当然也就没有必要为了不完美而生气了。没有必要因为别人做错了一件事情而生气，因为别人做事不是完美的；没有必要因为别人对自己不好而生气，因为别人做人不是完美的；没有必要因为别人的缺点而生气，因为别人不是完美无缺的；没有必要因为自己的失败而生气，因为自己做事不是完美无缺的；没有必要因为朋友的离去或不和而生气，因为自己做人不是完美无缺的；没有必要因为自己的缺点而生气，因为自己不是完美无缺的；没有必要因为自己的家人而生气，因为自己的家人不是完美无缺的；没有必然因为朋友或同事而生气，因为自己的朋友或同事不是完美无缺的；没有必然因为过路人或陌生人而生气，因为过路人或陌生人不是完美无缺的。

100 房子

　　一个人有豪宅但烦恼，另一个人虽然房子简陋但快乐，谁更有福气？一个是石头装在精美盒子里，另一个是宝玉装在破盒子里，你是要那精美盒子还是破盒子？你必然要那破盒子，因为你想要装在那破盒子里的宝玉。人住的房子是破是美，无关紧要，重要的是房子里住的人是否快乐。你住的房子是否豪华，外人可见；房子里的你是否快乐，冷暖自知，外人不知。别人在你面前会表现得很快乐，你在别人面前也会表现得很快乐，在虚伪的外衣掩盖下，你能看到的只有外衣，你看不到外衣里的身上有多少伤疤。

　　人们在不知道房子里的人是否快乐的情况下，只好片面地以人住的房子的优劣来评判人的福气。如果盒子是锁的，你看不见里面装的是石头还是宝玉，你只好根据盒子的好坏来选择精美盒子，但等你打开精美盒子发现里面装着个石头，是不是后悔莫及？你根据房子的好坏来判断一个人是否有福气是不是也极其糊涂？看见别人房子好，不值得羡慕，房子里的人好，那才是值得羡慕的。盒子好，不值得羡慕，盒子里装的是宝玉，才值得羡慕。有的人家，房子很破旧时一家人和和美美，经过一番辛劳奋斗，换了个新房子后，反而一家人争争吵吵，闹离婚、闹分家。那你说房子变好之后，这家人的福气是变好了，还是变差了？所以房子好，不一定是好事；房子破，不一定是坏事。人好才是真的好！